<ruby>入<rt>いり</rt></ruby><ruby>野<rt>の</rt></ruby><ruby>唯<rt>ゆい</rt></ruby><ruby>十<rt>と</rt></ruby>

純恋が大ファンで、人気アイドルグループ〈angel lamp〉のリーダー。サラサラの髪にくっきり二重の美少年。

<ruby>武<rt>む</rt></ruby><ruby>東<rt>とう</rt></ruby><ruby>麻<rt>とう</rt></ruby><ruby>飛<rt>ま</rt></ruby>

唯十と同じアイドルグループ〈angel lamp〉のメンバー。18歳。さわやかなイケメン。人懐っこい性格。

<ruby>渕<rt>ふち</rt></ruby><ruby>野<rt>の</rt></ruby> <ruby>曜<rt>よう</rt></ruby>

子役のころから活躍する、イケメン俳優。28歳だけど18歳の役もこなす演技派。みんなのお兄さん的存在。

JN020336

☆ contents

終わりからはじまり

『ごめん。俺、純恋のことそんな風に見たことなかったから……』

　ずっと片想いしていた幼なじみに振られて二日。

　自室のベッドに潜り込んで、ため息をついては枕に顔を押しつけて。

「あ゛ーー」

　なんて声を出して気を紛らわせようとするけど全然ダメ。

　バカだな……私。

　何だかんだ付き合えるかもってどこか期待してた。

　翔のあんなに困った顔、初めて見たな。

『私が、翔のこと男の子として好きだって言ったらどうする？』

『……えっ？』

　告白なんてしなければ、明日もいつもみたいにくだらない話で笑いながら一緒に学校に行っていただろうし、翔の部屋でダラダラと漫画を読むこともできたはずなのに。

　でももう、これからは全部おしまい。

『俺、好きな人いるから』

　初めて聞いた。

　私の知らない翔の顔。

　幼なじみとして隣で見てきた限り、翔が女の子と付き合うことなんて一度もなかったし、学校でも、翔のそういう浮いた話を聞いたこともなかった。

　そんな翔が唯一、幼なじみの私とは小学生の頃からずっ

と一緒に登下校しているし、クラスの友達にも、『本当は付き合っているんでしょ』とか『早く付き合えばいいのに』って言われることもしょっちゅうで。

少女漫画の中でだって、幼なじみの男女って最終的には一緒になるシナリオだし。

だからてっきり、私と翔もそうなるもんなんだと思ってた。

『好きな、人？』

一度もそんな話してくれなかったくせに。

『うん。純恋も知ってると思うけど、うちの部活のマネージャーの倉田さん』

視界が一瞬暗くなったような感覚になったのをよく覚えている。

思い出すだけでもまだ、胸の奥がギューって絞られるみたいに痛くて。

倉田さんの名前を出したとき、目をそらして頬を赤く染めた翔を見てわかった。

翔が私とずっと一緒にいられたのは、私を女として少しも見てないからなんだって。

苦しい。

振られて二日。

明日から学校が始まるけれど行く気にもならない。

そしてとどめを刺されたのが昨日の夜。

昨日、翔からきたメッセージを読み返す。

『来週から、一緒に学校行くのやめよっか。純恋もその方

がいいよね』

"純恋も"

　あたかも私がそう望んでいるからそうしてあげる、みたいな。

　ズルい、本当にズルいよ、翔。

　私がここで意地でも一緒に行くなんて言って一番困るのは翔のはずなのに。

　翔の気遣（きづか）いがさらに私の傷口をえぐる。

　優しさゆえの言葉だから傷つくんだ。

　翔のそういうところは私がよく知っている。

　マネージャーの倉田さんよりも絶対。

　コンコンッ。

「純恋」

「なに?」

　ドアの向こうからママの声がして、枕から顔をムクッと上げて返事をする。

「ごめんね。その、ひとりになりたいときに」

「あ、ううん。別に大丈夫だけど」

　私がそう言うと、ドアが開けられてママがひょこっと顔を出した。

　ママは、私が翔のことをずっと好きだったことを知っているから、ママなりに気を遣（つか）ってくれて、ここ二日ものすっごい優しい。

　金曜日の放課後にめちゃくちゃブサイクな泣き顔を晒（さら）しながら帰ってきたもんだから、普段口うるさいママもまる

で腫れものを扱うみたいに私に優しく接してくれて、これはこれで悪くないなと思う。

「今、宗介くんが来ててね、純恋に話があるみたいで」

「えっ……宗介さん？」

宗介さんこと、木梨宗介さんは、パパの学生時代の後輩。

中高と同じバスケ部だったらしいパパと宗介さんは、うちでお酒を飲んだりご飯を食べる仲で。

そんな宗介さんが私なんかになんの話があるんだろうか。

今まで挨拶程度の会話しかしたことがないから戸惑ってしまう。

ふと、部屋のドレッサーの鏡に目を向ければ、腫れぼったいまぶたをしたブサイクがこちらを見ているではありませんか。

こんな顔で人になんて会えないし……。

あからさまに大泣きしてましたと言わんばかりの顔、家族にだって見せたくないっていうのに、なんで宗介さん、こんなタイミングでうちに来たんだろう……。

「事情は軽く話してあるから」

「えっ……」

事情って、私が失恋して泣きすぎて落ち込みまくってるってことを？　わざわざ宗介さんに？

「ママだって純恋には早く元気になって欲しいのよ！」

なんだか意味深な言い方をしたママに腕を引っ張られて、私は半ば強引に、宗介さんがいるリビングへと連れら

れた。

「純恋ちゃん！　よかった。出てきてくれないかと思ったよ」

　リビングに着くと、顔をパァッと明るくさせた宗介さんが座っていたソファから立った。

　宗介さんの隣には、なんとパパの姿。

　え、パパ今日仕事なんじゃ。

「パパなんで……」

「いいから座って純恋」

　そう急(せ)かされて渋々(しぶしぶ)向かいのソファに座る。

「なんか純恋ちゃん前より痩(や)せたんじゃない？」

「いえ……現実逃避のために絶賛(ぜっさん)暴飲暴食中ですので」

　心配そうに私を見る宗介さんにハッキリとそう言うと、宗介さんは少し気まずそうに「全然そんなふうに見えないけどな」と私の目を見ずにソファに座り直した。

「事情は聞いてるよ、大変だったね」

「えっと……」

「いつもムードメーカーの純恋ちゃんが今までにないくらい落ち込んでて家の雰囲気もどんよりしてるって、お父さんが心配してて」

　と、宗介さんが隣に座ったパパを見た。

「パパぁ……」

　パパったら、宗介さんに話したわけ？　私の失恋を？

　ありえない、という顔でパパを見れば、慌ててパパが口

を開いた。

「だって、しょうがないだろう。純恋が元気ないとこっち
まで気が変になりそうなんだから。仕事のことは心配しな
いでくれ。今日は有給を取ったから」

　いや、なんでわざわざ仕事休んでまで……。

　パパが何を考えているのかまったくわからなくて固まっ
ていると、今度はママが口を開いた。

「ママとパパはお見合いだったし、ママはパパ以外の人と
お付き合いしたことなかったからそういうのどうしたらい
いのかわかんなくて……」

「だからって……」

　だからって娘のプライベートを私の許可なく人に話すか
ね。

　しかもなんで宗介さんなのよ。

　コーヒーを一口飲んだ宗介さんが口を開く。

「純恋ちゃんのパパもママも、純恋ちゃんのこと心配して
相談してきてくれたんだよ。僕も昔から可愛がってきた
純恋ちゃんが落ち込んだままなのは悲しいし、僕に何か
できることがあったら協力したいなとは思っていて、そ
したら……ね？」

　宗介さんは何やら意味深にパパに目線を送った。

「僕の仕事、今まであんまり話してきたことなかったけど、
この機会に」

　宗介さんの仕事……。

　そういえば、宗介さんがなんの仕事をしてるのか聞いた

ことってなかったかも。

「僕、芸能事務所のマネージャーしてるんだ」

「……えっ、マ、マネージャー？　芸能事務所って、え、
どこの!?　有名なところですか？」

　あまりにも予想外な仕事で思わず食い気味になってし
まった。

「まぁまぁ、その話は追々するとして……」

　落ち着いてと言いたげに宗介さんが一言添える。

　だって芸能事務所ってその響きだけでなんだかソワソワ
しちゃうじゃん。

　そういう世界とは縁もゆかりもない人生だって思って生
きてたんだもん。

　私のミーハー心をくすぐる。

「それで純恋ちゃんにお願いがあって……」

　宗介さんの声が途端に慎重さを帯びる。

　なんだこの空気。

　え、それって、もしかして……！

　まさかの!?

「あ、先に言っておくけど、タレントとしてのスカウトと
かではないから安心して聞いて欲しいんだけど」

「えっ……」

　思わず声が漏れる。

「フッ、純恋もしかして、スカウトかもって思った？」

「はぁっ!?　べ、別に思ってないし！」

　ママがニヤニヤと笑って聞くので慌てて反論するけど、

図星過ぎて穴があったら入りたい。

　はぁ、ほんと悪いクセだ。

　翔のこともそうじゃん。

　ひとりで勝手に期待して浮かれて、結果はいつだって最悪。

　こんな自分が恥ずかしい。

　これからはなんでも期待しないように生きよう。

　翔のことを思い出して、たちまち目の奥が痛くなる。

「まぁ、純恋ちゃんが真剣に芸能界で頑張りたいっていうんならサポートしたいとは思うけど」

「え、いや、そんな、入りたいなんて……」

　芸能界なんてキラキラした世界、憧れないって言ったら嘘になるけど。

　絶対にその世界で頑張りたいとかそんな強い信念は全然ない。

　そもそも私みたいな平々凡々の女子高生、無理なことぐらいわかってる。

　だけど宗介さんが芸能人のマネージャーをしてるって事実にちょっとびっくりして、そんな人がわざわざ友達の娘に直々に会いにきて「お願いがあって」なんて真剣な顔で言ってきたんだから、可能性としてなくはないんじゃない？って思ったわけであって。

　うん、そうだ、この流れだもん。私は悪くない。

　多分。

「それでお願いってなんですか？」

「あぁ、そう。純恋ちゃん、再来週から夏休みだよね？」

「はい」

「もしよかったら、なんだけれど、夏休み限定の短期のアルバイトとか興味ない？」

「え、バイト？」

　私がそう聞き返すと、宗介さんがコクンと頷く。

「うちのシェアハウスで料理担当として働いて欲しくて」

「え、シェアハウスって……」

「うちの専属タレントのシェアハウスでね」

「ちょ、ちょっと待って、専属タレントって、芸能人に私の作る料理を食べさせるってこと？」

　サラッと話を進めようとした宗介さんを制するようにそう言う。

「うん。僕がこのうちに来たら、純恋ちゃん、いつも美味しいおつまみ作ってくれるでしょ。あれ本当に好きなんだよね。純恋ちゃんのおつまみ食べるために丸山家に来てると言っても過言ではない」

「過言ですよ」

「まぁまぁ。家でもよくご飯作ってるみたいだし。純恋ちゃん、高校も調理コースのある学校に行こうか迷ってたんでしょ？　料理好きならこの機会にもっとさ」

「……いや、そうですけど」

　確かに、料理は今も好きだし、調理コースのある学校に行こうか迷っていたことだってある。

　料理よりも翔を選んで今の学校に進学したけれど。

　翔とはずっと離れたくなかったし、って。

　なんでもかんでも、翔に繋がってしまうのが嫌だ。

　それぐらい、私の中で翔は大きな存在で、この関係がなくなってしまうなんて想像もしていなかった。

「じゃあ、来てくれないかな？　他のことに集中してたら辛いこと考える時間だって減ると思うし、ね？」

　確かに、宗介さんの言うことは一理あるかもしれないけど。

「料理は好きですけど、人様に提供できるようなものじゃないし、それでお金もらうなんて……」

　全然想像できないよ。

　自分の作ったものを、舌が肥えてるであろう芸能人に食べさせて、ましてや賃金をいただくなんて。

「何言ってるの、純恋。もっと自信持ちなさい？　あなたの作る料理、すっごく美味しいわよ。最近はパパのために健康のことまで考えてメニュー作ってくれてるし」

「ちょっとママ……」

「そうだよ。それに純恋、芸能人好きじゃないか。いつもテレビ見て誰がかっこいいとかかわいいとか」

　うっ、パパまで人をミーハーみたいに。

　……そうだけれど。

「画面越しで見るのと実際会うのとは全然違うの！　とにかく……」

「けど、純恋ちゃん、このままだとかなりの時間立ち止まったままにならない？　新しいこと始めてみるのも乗り越え

るひとつの手段だと思うけど。純恋ちゃんが来てくれたら、
俺も助かるし」

「うぅ……」

「お願い。来てくれたら今よりは確実に元気にしてあげら
れる自信があるから！　一度シェアハウスを見学して考え
てくれてもいいからさ」

　まだ全然乗り気じゃないけど。家でボーッとしてても今
考えるのは翔のことばかりなのは否定できなくて。

　『立ち止まったまま』になってしまうかもしれない。

　宗介さんの言葉に妙に納得して。

「じゃあ、一度、見学だけ」

　そう返事をした。

「純恋ちゃんっ！」

　宗介さんがうちに来た日から三日経った放課後。

　校舎を出て校門に向かっていると、私を呼ぶ声がして。

　声のした方に目を向ければ。

　来客用の駐車場に止まった黒塗りのセダンから宗介さん
が顔を出して、嬉しそうに笑いながらこちらに手を振って
いた。

「えっ!?　そ、宗介さん!?」

「おかえり！　学校お疲れさまっ」

「あ、ありがとうございます。てっきりおうちに迎えに
来てくれるのかと……」

　慌てて車に近づく。

　たしか今日、この間言っていたシェアハウスへ見学に行く予定だけど。

　まさか下校時間に合わせて学校に迎えに来てくれるなんて思ってもなかったから驚く。

「驚かせちゃってごめんね。通り道だからさ。家に迎えに行くよりも直接迎えに来た方が早いかと思って」

「あ、はあ……」

　この前おうちに来てくれたときと比べて、格好がピシッとしてる宗介さんに少し圧倒されて。

　なんか、本当に芸能人のマネージャーって感じというか。

「純恋ちゃん、そのまま直行で大丈夫？　できればみんなに会って欲しくて。全員のスケジュール合う時間が今しかなくてさ」

「そうなんですね。はい、大丈夫ですっ」

　全員って、"芸能人"のことだよね。

　宗介さんに「後ろ乗ってね」と言われて、車の後部座席に座ったら、すぐに車が発進して、学校を出た。

　今までの私だったら、好奇心から芸能人の住むシェアハウスについて宗介さんに質問攻めしたり、いろんな妄想を膨らませてひとりでニヤける元気があったかもしれないけど。

　翔に振られてから彼に会う初めての週。

　憂鬱でしょうがなくて、それどころじゃなかった。

　宗介さんには申し訳ないけれど、どうしてもバイトのこ

とを考えられなくて。

　あんまり押されるもんだから仕方なく「まずは見学」と言ったけど。

　多分、断る方向になりそうだな。

　今日、翔と廊下ですれ違ったとき、向こうから目をそらされた。

　そんなことを思い出してまた目頭が熱くなっていると、

「……純恋ちゃん、どう？　あれから」

　ハンドルを握る宗介さんが心配そうに聞いてくれて。

　バックミラー越しに目が合った。

「あーまぁ、最悪という感じでしょうか」

「……そっか、そうだよね、こればっかりはね」

「……はは、すみませんなんか」

　気まずいって。

　パパもママもほんと何を考えているんだか。

　私のことを心配してくれるのはすごく嬉しいけど。

　娘の恋愛事情を勝手に知り合いに話しちゃうなんてさ。

「でも俺は、今から純恋ちゃんが会う奴らの力は本物だって思ってるから。今回の提案、絶対純恋ちゃんの役に立つって信じてるよ」

「は、はあ……」

「まぁ、続きは着いてからのお楽しみだけどね」

　この間も思っていたけど、宗介さんちょいちょいそうやって意味深なことを言うよなぁ。

　それから目的地に着くまでの間は「今の女子高生の間で

は何が流行っているんだ」と聞かれてそれに答えたりして。

　なんだかんだ話が広がっていろんな世間話をしてから二十分。

　ある建物の地下駐車場に入って。

　打ちっぱなしのコンクリートに囲まれたそこで、車のエンジンが止まった。

　さっきまでは、今は少し興味がないかもって気持ちがよぎっていたけど。

　車から降りて、宗介さんの後ろについて歩き出せば、私のローファーの音と宗介さんの革靴の音が、ひんやりした駐車場にやけに響いて。

　こうしてその場に着くととたんに緊張しちゃうな。

　ピピッ。

　駐車場の奥の出入り口の横に指紋認証らしき機械が付いていて。

　宗介さんがそれに指をかざすと音が鳴って青く光り、ドアからカチャという音がした。

　ロックが解除されたらしい。

　万全のセキュリティって感じだ。

　いやそりゃそうか、芸能人が住んでいるんだもんね。

　でもきっと、芸能人っていっても、今テレビで大活躍してる人たちというより、まだ駆け出しのようなタレントさんたちに違いないし。

　そんな気張る必要もないよね。

　そもそも断る方向、なわけだし。

　見学だけ。見学だけ。

　そう自分に言い聞かせながら。

「ほんと徹底<ruby>底<rt>てってい</rt></ruby>してるんですね」

「今は何があるかわからない時代だからね。事務所もタレントの安全を守るために必死だよ」

「はー、大変ですね」

　駐車場のドアを開けて進めば、自動ドアとその奥にエントランスが見えてきて。

　自動ドアの前にもこれまた操作盤<ruby>操作盤<rt>そうさばん</rt></ruby>。

　今度は、宗介さんがスーツの内側からカードを取り出してそれを操作盤に通してから暗証番号を打った。

　す、すごい……。

　そして自動ドアの向こうには警備員さん。

　こんな厳重<ruby>厳重<rt>げんじゅう</rt></ruby>だと、住んでいるタレントさんたちも外に出るのに一苦労じゃないかと思ってしまう。

　大変だな……。

　慣れた手つきで宗介さんがロックを解除すれば自動ドアが開いて、警備員さんと宗介さんがお互いに会釈<ruby>会釈<rt>えしゃく</rt></ruby>をして。

　宗介さんはさらに奥へと進んで正面にあるエレベーターのボタンを押した。

　そしてすぐに開いたエレベーターに乗り込んで。

「ここが、僕の勤めるライドリアームに所属してるタレントが住むシェアハウスだ」

　エレベーターから降りてすぐ左に曲がって見えた廊下の

先。

　一般的な玄関のドアよりひとまわり大きい扉の前に立っ
てから、宗介さんがそう言った。

　ちょっと待って。

「えっ」

　思わず宗介さんの方へと目線を向ける。

　いやいや。

　聞き間違いだったかもしれない。

「え、あの、宗介さん、今、どこに所属してるタレントだっ
て……」

　念のため、思わず確認する。

　だって。そりゃそうなるよ。

　ドキドキしながらそう聞けば、宗介さんの口端がニッと
笑った気がした。

「ライドリアーム」

「えっ……」

　嘘でしょ。

　二回、確かにそう言った。

　嘘。

　嘘。

　だって、ライドリアームって……。

　ピッ。

　固まってる私をよそに、宗介さんは玄関の横の機械に
カードを通して。

　ガチャッとドアを開けた。

同居人は芸能人!?

「さ、純恋ちゃん上がって」

「あ、はい」

　玄関横にあったスリッパを出してくれた宗介さんにペコッと頭を下げてから、彼と同じように家の中へと進んでいくと、何やら賑（にぎ）やかな声が聞こえてきて。

　私の緊張はMAX。

　ふぅーと小さく深呼吸しながら宗介さんの後ろについて歩いていると、広々としたリビングに着いた。

　ひとつの人影が見えて、思わず宗介さんの大きな背中に隠れる。

「はーい、みんな集合」

「わ、宗ちゃん！　来てるなら『ただいま』ぐらい言って？ 心臓に悪い」

「なんだ？　見られたらまずいことでもしてるのか？」

「そうじゃないけど！」

　宗介さんが誰かと話している。

　男の子だ。

　年はいくつぐらいなんだろう。

　どうしよう。

　思わず後ろに隠れてしまったせいで顔を出すタイミングを失う。

「全員集めて話したいことって？　俺たちこのあとすぐ打ち合わせだよね？」

　この声……。

　さらに別の男の人の声がして、その声にはすごく聞き覚

えがあった。

　男の人にしては少し高い、優しい声。

「いや、わかってる。だから手短に話すから。ふたりのことも呼んできてくれる？」

　宗介さんがそう言うと男の人は「うん」と返事をして。

「曙くん？　雫久？」

　彼がリビングの奥に向かって他の人たちに声をかけるのが聞こえてからすぐ、ドアの開く音がした。

「あぁ、この間言ってた新しいシェフの人だっけ？」

　さっきの男の子たちと明らかに違う、大人の男の人の声と。

「肝心のそのシェフが見当たらないけど」

　抑揚（よくよう）のない声。

　っていうか、私は見学って言ってたのに、宗介さん『シェフ』が来る、なんてみなさんに言ったのかな!?

　まだ了解したわけじゃないし、しかも『シェフ』って。

　なんの資格（しかく）もないただの女子高生なんですが。

「あぁ、あれ？　純恋ちゃん？」

「……っ」

　てっきりみなさんから見えるところに私がいると思っていたらしい宗介さんが、慌てた様子でこちらを振り返った。

「そんなに怯（おび）えなくても大丈夫だから」

「っ、はい……」

「うん。はい、注目！　この夏の間、キミたちの食事を準備してくれる、丸山純恋さんです」

「え、ちょ、宗介さん、まだ見学の段階で、決まったわけ
じゃ……」

　慌ててそう訂正しようとしたのに。

　宗介さんに前に出るように背中を押されて、思わず下を
向く。

　どうしよう一気に緊張がっ!!

　だって、見なくてもバシバシ伝わってくるんだもん。

　みなさんのオーラというか圧というか。

　それにまだ決まったわけじゃ……！

「えっ、と……丸山、純恋です。その、今日はまだ見学と
いう形で……」

「まって、制服？　え、女子高生!?　未成年!?」

　私が挨拶するなり、そう反応する大人の人の声。いやそ
うなりますよね……。

　『シェフ』って聞いていたから尚更、コック帽をかぶっ
た一流シェフを想像していたに違いないよ。

「まあ詳しい話は追々するとして。みんなも純恋ちゃんに
自己紹介して。……純恋ちゃん、顔上げて」

「……っ」

　宗介さんの言葉で私が恐る恐る顔を上げたのとほぼ同時
だった。

「じゃあ俺から。はじめまして。angel lampの入野唯十っ
て言います。十八です」

「……っ、……嘘でしょ」

　『ライドリアーム』。その事務所名を宗介さんから聞いて、

まさかと思ったけど。

　美少年。その言葉が本当によく似合う。

　ミルクティーカラーのサラサラの髪に、くっきり綺麗な二重とスッと通った鼻筋。

　見る人までも笑顔にさせるような、爽やかな笑顔。

　本物だ。

　いや、テレビで見るよりも何億倍もかっこよくてキラキラしてて。

　どうしよう。

　いや、本当に？

　だってこんなことって……。

　今、私の目の前にいるのは、入野唯十くんなの？

「俺は唯十と同じグループの武東麻飛って言います！　同じく十八です！」

　ひょこっと私の視界に入ってきてそう言ったのは、入野唯十くんの隣に立つ彼。

　清潔感のある短髪がよく似合っていて、人懐っこい笑顔にドキンと心臓が鳴る。

　嘘でしょ。

　これは夢なのですか。

「…………」

「angel lampってアイドルグループ知ってるかな？　俺たちそれなんだけど」

「…………」

　知っています。

とてもよーく知っています。

それなのに。

どうしよう。

あまりの衝撃で、声が出ない。

目を見開いてふたりのことを凝視することしかできなくて。

おかしいもん。こんなこと。

今までずっと画面越しや紙面越しでしか見ていなかった人たちが。

目の前に。

「あれ？　固まっちゃってるじゃん。もしかして、唯十たちのこと知らないんじゃないの？　今時珍しーね」

そう言ったのは、武東麻飛くんの隣に立っていた大人の人。

その人を見て、さらに固まってしまう。

どうしよう。もう頭の中、爆発寸前だよ。

「あ、俺は役者の渕野曜です。十八です」

「ハハッ！　曜くん、十八は流石に無理だって」

「うるせぇ麻飛。去年朝ドラで十八やったばっかだわ」

「あれ、そーだっけ」

「今年二十八でぇす」

「…………」

「あら、やっぱり固まっちゃってるよ」

　……知っています。

去年バリバリに家族でハマって見ていた朝ドラに出てい

た渕野曜さん。

そして……。

「相良雫久」

……マジですか。

最後に自己紹介してくれた彼にトドメを刺される。

アッシュブラックカラーの長めのマッシュヘアと白い肌。

前髪で少し隠れた切長のアーモンドアイは見る人を吸い込みそうで。

知ってます知ってます知ってます。

〈それは宙にのぼる〉

今、大注目されているロックバンドグループのボーカルだ。

たしか最近、友達と見に行った映画の主題歌も彼らが歌っていた。

ロックバンドよりもアイドルの曲の方が好きでよく聞いている私でさえもよく知っている。

どうしよう……身体中が火照ってクラクラする。

翔のことでただでさえパンク寸前だった頭が、本格的に爆発しそう。

「……え、ちょ、純恋ちゃん？」

頭がボーッとする。

あ、これは夢なのかもしれない。

そうか、全部夢。

夢だと言われたらこの状況全てに納得がいく。

　だっておかしいもん。

　私が大ファンなアイドルグループ。その中でも一番好きな、入野唯十くんに会えるなんて。

　なんて幸せな夢なんだ。

　あぁ、翔に振られたことも全部、夢だったらいいのに。

「……危なっ！」

　こちらに駆け寄ってくるようなそんな声が聞こえたかと思うと、身体がフワッと宙に浮いて。

　私の意識は、そこでプツリと切れた。

「……んっ」

　なんだかすごい夢を見ていた。

　ゆっくりまぶたを開けると、真っ白い天井が見えて。ほろ苦い香りが鼻を掠めた。

　えっと……たしか私は、翔に振られ……。

　あぁ、そうだ。振られる"夢"を見ていて。

「あ、起きた？」

　へ？

　てっきり、自分の部屋のベッドの上かと思っていたのに、私の部屋にあまりにも似つかわしくない声が響いたので、驚いて慌てて横になっていた身体を起こす。

「……えっ」

　あたりはさっき夢で見たばかりの広いリビング。

　そこに置かれた大きなソファの上に、自分が座っている

のを確認する。

　いや、なんでなんでなんで!!

　あ、なるほど、まだ夢から覚めていないということなんだよね!?

　焦りながらも、なんとか早くこの夢から出ようと目をギュッと瞑ると。

「……なにしてるの」

　さっきのぶっきらぼうな声がふたたび響く。

　やめて。邪魔しないでくれ。

　私は今から目を覚ますんだから。

「……その様子だとまだ調子悪いのか」

「…………」

「そろそろ宗介さんが戻ってくると思うから。今日は早く帰って休んだ方がいい」

「……あの」

　思わず目を開けて、立ったままマグカップを持ってこちらを見てる彼に声をかける。

　目の前にいるのは、あのバンドグループ、通称〈それ宙〉のボーカル、相良雫久。

　夢なのにやっぱりやけにクリアだとは思った。

　そういえば、先週の音楽番組に彼が出ているのを見たっけ。

　あぁ、だからこんな夢なんかに。

「なに。あ、あんたも飲む？　コーヒー」

「……いや、えっと、邪魔、しないでもらえますか」

「邪魔？　……こっちは運んでやって……」

　彼がゴニョゴニョと何か言いかけたけどよく聞こえない。

「……私、今夢から出るので！」

「……はぁ？」

　そのクールな眼光が私に向けられる。

「これは全部夢なんです。よく考えたらおかしな話なので。エンプの唯十くんと麻飛くんに会えるとかっ……うん、そう、全部夢」

　そうだそうだ。

　きっと、私は翔に告白なんてしてなくて、振られていなくて。

　心の中でそう自分に言い聞かせながらふたたびギュッと目を瞑る。

　起きろ、私っ!!

「はぁ………おい」

　え——。

　人が集中してるっていうのに、なんで話しかけてくるかな。

「……なんですか」

　あからさまにやな顔をしている自覚がありながら目を開ける。

　相良雫久って歌う以外は無口でクールなイメージだったのに。

　まあ夢だから、イメージと違うのはそりゃそうか。

　さっきよりもさらにこちらに近づいてきていた相良雫久が、持っていたマグカップを私の手元に差し出してきた。

　パンダのマグカップから湯気が出ていて淹れたてなのがわかる。熱そう。

　ビターな香りがフワッとただよって。

　夢にしては……すごくよく香ってる、けど。

「持って」

「えっ」

「カップ、持って」

「へ、あ」

　半ば強引に手に持たされたそれは、しっかりとあったかくて。

「あの」

「夢じゃないよ」

「……は」

「だから」

　相良雫久は、話しながら私からマグカップを取ると、コーヒーを一口すすって。

　その仕草が妙に大人っぽくて少し胸が鳴った。

「あんたの夢じゃない。カップだってちゃんと熱かったろ。これはあんたの現実。宗介さんは今、唯十たちのことを事務所まで送りにいってる。もうじき帰って……」

「……いや、いやいやいや！」

　（夢の中の）相良雫久、ちょっと待ってくれ。

「こっちがいやいやいや、なんだけど。この状況でよく、

夢だとか言ってられるね。どれだけぼーっと生きてたらそんな風になんの」
「……は、はあ!?」
『どれだけぼーっと生きてたら』
『そんな風になんの』
　相良雫久の発言に、カーッと私のイラつきレーダーの数値が上がる。
　──ガチャ。
　何か言い返してやろうとした瞬間、玄関の方からドアが開く音がして。
　バタバタと慌てた足音がどんどんこちらに近づいてきた。
「純恋ちゃんの様子は!?」
　額に汗を浮かべた宗介さんが焦った様子でリビングをキョロキョロと見渡している。
「ん。今起きたばかりだけど、もしかしたらさっき頭打ったのかも。変なこと言うから。それとも頭悪いのって元々……」
「ちょ」
　私のことを見ながらそう言う相良雫久に、またイラッとする。
　もっと言葉をオブラートに包めないのかね。
「え、嘘。純恋ちゃん、頭打った?　どこか痛い?　どうしよう。今から病院……」
「だ、大丈夫です!　頭打ってないですし痛くないですし、

元気です！」

「いや大丈夫じゃないだろ。これは夢だって騒ぐんだから」

　と相良雫久の冷たい声が横からそう言う。

「純恋ちゃん……」

「だ、だって、ほんとびっくりしたから」

　そう言う私の肩に優しく手を置いた宗介さんが申し訳なさそうに眉尻を下げてから話す。

「うん。ごめん。突然すぎたよね。ちゃんと説明しないでみんなに会わせちゃった俺が悪い。まさか倒れちゃうほど驚かせちゃうとは……」

　さっきはまだ起きたばかりで寝ぼけていたのもあるけど。

　だんだんと意識がハッキリして、わかる。

　全然覚めてくれない夢だと思っていたこの状況、もしかして本当に現実？

「僕は、芸能事務所ライドリアームに所属しているこのシェアハウスに暮らす四人のマネージャーをしているんだ」

「……宗介さんが、唯十くんの、マネージャー……」

「うん。純恋ちゃんがエンプのファンなのは前々から知っていたけど、もちろんずっと黙ってるつもりだった。話しちゃいけないのがルールだしね。けど、純恋ちゃんが落ち込んでるって聞いて何かしてあげたいって思ったから、特別に許可をもらって」

「宗介さん……」

　私が落ち込んでるって知って、わざわざ唯十くんに会わ

せてくれたってこと？

「勝手にごめんね。でもこのタイミングは絶対、純恋ちゃんをここに呼ぶべきなんだって思ったよ。料理人はちょうど探していたわけだし、純恋ちゃんの手料理なら……」

「気持ちは、ありがたいですけど……」

このシェアハウスのメンバーにあまりにも圧倒されてしまって、ここで普段通り料理を作れる自信がない。

そもそもあのangel lampだよ？

今、日本の若者で、いや老若男女問わず、知らない人はいないと思う。

私だって彼らの笑顔に、曲に、たくさん救われているファンのひとりだ。

街中、どこもかしこも彼らの広告ばかりだし、彼らの曲が流れている。

そんな大スターの彼らが日頃から食べてるものだってさぞかし……。

それに、目の前の相良雫久だって、絶対私のことをよく思っていない。

夢なら納得できたけど、これが現実となると、彼の態度はあまりよろしくないと思う。

いくらかっこよくて歌えるからって。

言葉に少しトゲがあるから苦手だ。

「……ここのみなさんのお口に合う料理を作る自信だってないです」

「純恋ちゃん。絶対、大丈夫！　キミの料理には自信を持っ

て言える。美味しい。凝ったものを作って欲しいわけじゃ
ないよ。純恋ちゃんが作る家庭的なあったかいご飯がいい
んだ」

「……宗介さん」

「宗介さんが、大丈夫って言うんなら大丈夫なんだろ」

「えっ……」

　黙って私たちのやりとりを見ていた相良雫久が突然、口
を開いた。

「宗介さんのことはみんな一番信頼してる。この人の言葉
を信じてきて、俺たちは今この世界で仕事できているんだ
から。そんな宗介さんが大丈夫って言うんだ。なにを怖がっ
ているのか全然わからない」

「……雫久、お前いつからそんなにいいこと言うよう
に……」

　宗介さんが涙ぐみながらそう言う。

「あーもー、だから、そこらへんの心配はしないで今日は
もう帰って休め。最終的にどうするのかはあんたが決める
ことだろ……目、覚めたんだし、俺は部屋戻るから」

「あっ」

　振り返って部屋に戻ろうとした彼の背中にとっさに声を
かけると、　相良雫久がわずかに顔をこちらに向けた。

「……あっ、あり、がとう」

「は？　俺はなんもしてないから」

　彼はこちらにほとんど顔を見せないままぶっきらぼうに
そう言うと、テクテクと自分の部屋へと戻っていった。

相良雫久……。

最初はムカつく人だって思ったけど、優しいことも言えるんだな。

話し方は少々キツイけど。

それに……。

『目、覚めたんだし、俺は部屋戻るから』

それって、私が起きるまで付き添ってくれてたってことだよね。

きっとものすごく忙しいはずなのに。

「どう？　純恋ちゃん、バイトの話、引き受けてもらえるかな？」

帰りの車の中。

赤信号でブレーキを踏んだ宗介さんにそう聞かれる。

「なんだかまだ全然実感が湧かなくて……それに本当にいいんでしょうか、相手は、今大注目の芸能人さんたちばかりですよ」

「雫久も言っていたでしょ。最終的に決めるのは純恋ちゃん。誰からどう思われるとか抜きにして。純恋ちゃん自身が、あそこで働いてみたいかどうか」

「私自身……」

もし、このまま話を断ったら。

私の夏休みは、かなりの時間、翔のことを考える時間になるだろう。

家が隣同士。

嫌でも私の部屋からは彼の部屋の窓が見えて、彼が外に

出る様子が見える。

　きっと夏休みが明けてもズルズルと引きずっているだろう。

　それぐらいの月日。

　簡単に消すことのできないほどの日々を彼と過ごしてきたのだから。

「宗介さん、私——」

　一度ゆっくりと呼吸を整えてから口を開いて。

　答えを出した。

「改めまして！　今日から本格的にうちで働いてくれることになった、丸山純恋ちゃんです！」

「えっと、丸山純恋です。よ、よろしく、お願いします」

　あの日から一週間。

　ついに夏休みに入って。

　私は今、ライドリアームのシェアハウスにやってきて二度目の自己紹介をしている。

「デジャヴなんだけど」

「す、すみません……」

　ボソッと相良雫久にそうツッコまれて慌てて謝る。

　この間は優しいのかもって思ったんだけどな。

　やっぱりちょっと怖いかも。

「はい、拍手！」

　その場の空気にそぐわない軽快(けいかい)な声で、宗介さんがひと

り、パチパチと手を叩いている。

「そんなに何度も自己紹介されなくても、あんな風に目の前で倒れたら忘れたくても忘れないから」

「は、はあ……」

「ごめんね、純恋ちゃん。今日は雫久以外のみんなは外だから。夕食の時間にはみんなそろうと思うけど」

「あ、そう、なんですか……」

　唯十くんたち仕事か……。

　いや、そりゃそうだよね。

　大スターなんだから。

　また相良雫久とふたりきり、か。

「悪かったな。俺しか残ってなくて」

「え、いや別にそんなこと思って……！」

「顔に書いてあるけど」

「うっ」

　思ってることバレてしまった。

　だって相良雫久、いまだにどう接していいのかわかんないんだもん。

　とっつきにくいというか。

　芸能人なのに全然愛想振りまかないんだから。顔はすこぶる綺麗だけどさ。

　まあ、唯十くんたちみたいにアイドルってわけじゃなくて、あくまで歌手だから、そういう面での違いがあるのかな。

「それより、宗介さんそろそろ曜くんのところに行かない

とじゃ」

「あぁ、そうだそうだ。ごめんね純恋ちゃん、誘っておいて俺なんも説明できなくて！」

「いえ。大人気のアイドルや俳優さんのマネージャーなんですから、そりゃ！　……私なら大丈夫です！」

　そう。ここで頑張ってみたいって決めたんだ、私。

　それは自分の意思だから。宗介さんばかり頼ってちゃいけない。

　少しでも宗介さんの手助けができるようになりたい。

「代わりに雫久が部屋の案内してくれるから！　じゃあ、雫久よろしくね！」

「あぁ。気をつけて」

「行ってらっしゃい！」

　私たちの声に「行ってくる！」と言って早足で玄関に向かった宗介さんの背中を見送って。

　玄関がガチャンと閉まる音がやけに響いた。

「じゃ、今から部屋回るけど、一回で覚えて。俺も暇じゃないから」

「あ、うんっ」

　私がそう返事をすると、彼はスタスタと部屋を歩き出した。

「ここがキッチン。個人的なもの、お菓子とかレトルト食品とかはみんな名前書いて保管してる」

「なるほど。今までは、みなさん食事はどうしてたんですか？」

「完全に各々。みんな出かける時間も帰ってくる時間もバラバラだし。料理する人もいないし。出前とかコンビニとか。外で食べてくる人たちも結構いる」

　うわぁ。

　いくら若いからって、そんな偏った食事ばっかりだったら危険だよ。

　それに一般人の私なんかと比べられないぐらいの忙しさなわけだし。

「そんな食生活続けてたら、絶対倒れちゃいますよ」

「ん。だから宗介さん、俺らのこと心配して丸山さんのこと呼んだんでしょ」

「……っ」

『丸山さん』

　彼にはじめてちゃんと苗字で呼ばれて、胸の奥がむずがゆくなる。

　この間会ったときは『あんた』としか言われなかったから。

「なに」

　横に立つ相良雫久を固まったままジッと見ていると、明らかに声のトーンを低くしてそう言われた。

「は、いや、その、名前、覚えてくれたんだと、思いまして」

「は？　さっきも言ったろ。嫌でも覚えるって」

「あ、はい、ですよね……さ、相良くん」

　とても変な感じだ。

　芸能人って、手の届かない人たちだからこそ、違う次元

にいるイメージで、一方的にフルネームや呼び捨てで好き勝手呼んでいたわけだから。

　こうやって面と向かって話すとなると、どう呼ぶのが正解なのかわからない。

「ていうかなんで敬語」

「え、だって」

「俺、十七だよ」

「うぇ!?　じゅ、じゅうなな!?　いや、その、すごく大人っぽかったから、てっきり、二十歳超えてるのかと」

　衝撃的すぎて思わず大きな声を出して軽くのけぞってしまった。

「悪かったな、老けてて」

「いや、そうじゃなくて。出立ちというか、歌い方も大人っぽかったし、歌詞だって」

　まさか同い年とは思わなかった。

　たしか、彼らの曲の作詞は全てボーカルの相良くんが書いている。

　〈それ宙〉の曲は、この間見た映画の主題歌と、ランキングに入っていたもうひとつの曲を知っているぐらいだけど、どちらの曲の歌詞も、ものすごく綺麗でとても同い年の子が書いたとは思えなかったから。

「知ってんの」

「あ、当たり前だよ!　相良くんたちが主題歌歌った映画、私、観に行ったし……」

　ジワジワと、今、私は、あの曲を歌っていた、ライブで

歓声を浴びるような人と、ふたりきりで話しているんだと実感して、緊張でバクバクと心臓が音立てる。

「あそう」

「しっかりしてるんだね」

「多分、丸山さんよりは」

「え、その一言、いりますか……」

「つぎ風呂場」

「あ、ちょ」

　かわされた。

　でも。

　最初に抱いていた苦手って気持ちはだいぶ薄れたかも。

『多分、丸山さんよりは』

　そう言った彼の声は、今までと違ってほんのわずかだけど、無邪気さを含んでいた気がしたから。

　っていうか……。

「そっか、私、ここに住むのか一ヵ月」

　相良くんが脱衣所のドアを開けて自動で電気がついたタイミングで突然、今更ながら言葉が漏れた。

「なに言ってんの」

「あ、いや、ジワジワと実感しているというか、今日、私、このお風呂使うんだな？って。自分のうち以外でお風呂なんて中学の修学旅行以来初め──」

　違う。

　小さい頃、よく翔の家でお風呂に入っていた。ほんと小さい頃だけど。

　彼の家の庭で子供用プールを張って遊んだりもしたっけ。

「──さん、丸山さん」

「は！　す、すみません！　ぼーっとしてました！」

　ポンッと肩に手が置かれて、綺麗な顔が私の顔をジーッと覗いてきた。

「ん。また倒れるかと思った」

　う。この距離、心臓に悪いから。

「あは、すみません、ほんと……」

　あぁ、ダメだ。これじゃ。

　忘れるためにここに来たのに。

　事あるごとにいちいち思い出してちゃ意味ないじゃないか。

　相良くんだって時間ない中私のために部屋の案内してくれてるのに。

　しっかりしろ！　私！

「……で、丸山さんの部屋はここ」

　共有スペースをひと通り案内してもらったあと、みんなの部屋のドアがずらっと並ぶ廊下の、一番奥にあるドアを相良くんが開けた。

　部屋の真ん中に丸い白のローテーブル、ベッドとクローゼットがひとつ。

　それ以外の家具はなくて、とてもスッキリとした部屋だ。

「半年前まで他の奴が使ってたんだけど、成人して出て行ったから」

「あ、なるほど」

　ということは、このシェアハウス、未成年のタレントさん専用ってことなのかな。

　それだと、エンプの五人メンバーのうち未成年のふたりだけがここで共同生活していることに納得する。

　エンプの他のメンバー。

　星也（ほしなり）くん、風深（ふうみ）くん、遊輝（あすき）くんはみんな二十歳を超えているから。

　でも……。

「大抵は高校卒業とか成人を機に出て行くのが自然な流れだけど、曜くんは例外かな。十二の頃からここにいるから、だいぶ居心地いいみたいで。全然出て行く気なさそう」

　まるで私の心が読めたみたいにそう言った相良くん。

　さっき相良くんに、『顔に書いてある』なんて言われたけど、私ってそんなに何を思っているのかわかりやすいのかな。

「十二歳から……すごいね」

「あの人もともと子役出身だからね。今は朝ドラの影響で再ブレイクして忙しそうだけど」

「再ブレイク……」

　なんかすごいな。渕野さんの話を〈それ宙〉の相良雫久から聞く日が来るなんて。

「で、今、冷蔵庫の中なんもないけど、食材どうするの。夕方だと店混むでしょ」

「え、あ、そ、そうだねっ！　い、今から行こうかな」

　意外だな。

　夕方からスーパーが混むとかそんな庶民の感覚、スターにはないんだと思っていたよ。

「そう。じゃ、これ」

「え……これは」

　相良くんから手渡されたのは二枚のカード。

　一枚目の黒のカードには見覚えがあった。

　宗介さんがこの建物の入るときに機械にかざしていたカードだ。

「こっちはカードキー。エントランスで暗証番号打つ前と、玄関の鍵開けるときに使う」

　と相良くんが黒のカードを指す。

「暗証番号も今口頭（こうとう）で言うから一回で覚えて」

「あ、はいっ」

　そう返事した瞬間、相良くんの口元が動いて四桁の数字を発した。

「覚えた？」

「うん」

「ん。次はこのゴールドのクレジットカード。主に丸山さんが食材の買い物するときこれで支払う」

「えっ!?　カードで買い物!?」

　そんなの今までパパがうんと大きな買い物をしたときに目にするぐらいで……。

　使い方とか全然知らないんですが。

「随分（ずいぶん）と不安そうで」

「当たり前だよ！　カードで買い物したことなんてないもんっ。大スターの相良くんは慣れているんでしょうけど」
「いや別に俺だって使ったことないけど。ただ、宗介さんとか曜くんが使うの見てるから」
「はあ、そうなんですか……」
　なんだ。
　『随分と不安そう』って言うから、てっきりカードでの買い物ができないことをちょっとバカにされてるんだと思ってたけど、そういうことではないのかな。
「俺もついて行く」
「へっ!?」
　相良くんの言葉に思わず大きな声で反応してしまった。
　だって……。
「急に大きい声出すなよ……」
「えぇ、だって相良雫久がスーパーって……」
　相良くんがスーパーになんかいるのがバレたら店内は大混乱間違いなしなんですが。
「俺のことなんだと思ってんの。普通に行くけど。ていうか丸山さんだってここら辺の道よく知らないでしょう」
「いや、けど、バレちゃったら」
「安心して。俺外でバレたことないから」
「え──」
　ここで初めて会ったとき、その眩しい有名人オーラに失明しかけたのですが。
　それから私は、黒縁メガネとマスクで顔を隠した相良く

んとシェアハウスを出てスーパーへと向かった。

　今、自分が人気バンドグループ〈それ宙〉のボーカルと外を歩いているなんて。

　しかも、シェアハウスにはangel lampの唯十くんと麻飛くんに、俳優の渕野曜さん。

　夢、じゃなかった。

　外の空気を吸いながら、改めてとんでもないところに来てしまったと実感する。

「相良くんは何か苦手な食べ物とかある？」

　一応、みんなの食事を準備する身としてみんなの好き嫌いをちゃんと把握しておかないと、と聞いてみる。

「いや特には」

「そっか。じゃあ渕野さんは」

「たしかあの人、セロリが嫌いだよ」

「そっか。了解！　ありがとうっ」

「唯十と麻飛のは、聞かなくていいの？」

「うん。ふたりのはバッチリ把握済みです」

　彼らがデビューしてからずっと応援してるんだもん。苦手な食べ物ぐらい知ってて当然だ。

「あーそっか。丸山さんってエンプのファンなんだっけ」

「う、うんっ」

　この間はあまりの衝撃にパニックで倒れてしまって、唯十くんにとんでもないところ見せてしまったけど。

　今になって猛烈に恥ずかしくなりながらも、夜になったら唯十くんに会えるんだって事実に、思わず口元が緩む。

「特に唯十のファンみたいだけど、自分は特別だとか思い上がるなよ」

「え……」

　だらしのないニヤけ顔に気づかれてしまったらしく、相良くんが今までよりも少し低い声でチラッと睨みながら言うので思わず固まってしまった。

「アイドルとファンの線、ちゃんと引けってこと」

　な、なにそれ。

　確かに今、つい顔に出してしまったかもしれないけど、そんな言い方あるかね。

　相良雫久、やっぱり嫌なやつだ。

「……わ、わかってるよっ」

「は、ちょ」

　相良くんの言葉にムッとしてしまって、歩くスピードを速めると。

「道わかんないのに前歩いていいのかよ」

　手首を後ろから掴まれてそのまま彼の隣へと戻されてしまった。

　翔以外の男の人に手首を掴まれたのが初めてで、男の人にしては少しほっそりした白い手が意外にも骨張っていて、ドキリとしてしまった。

　しかも、スーパーまでの行き方を知らないのも事実だし。

　一見、冷たく見えるけど、シェアハウスを出てからずっ

と車道側を歩いてくれているのも、歩きながら歩幅を私に合わせてくれているのも、気づいているから。

　なんだか相良くんといると調子が狂ってしまう。

　無事にスーパーについてカゴを取ろうとしたら、相良くんが先にカゴを持ってそれをカートに置いて店内へと入っていった。

　これまた意外な面を見てしまった。

　相良くん、カゴとか持つんだ。

　初めて会ったときの無愛想<ruby>無愛想<rt>ぶあいそ</rt></ruby>さからのイメージのギャップがすごい。

「なに」

　その様子をジーッと見ていたら、少し不機嫌な顔で見下ろされた。

「あ、いや、ちょっと意外で。相良くん、率先<ruby>率先<rt>そっせん</rt></ruby>してカート押してくれるんだなぁと」

「はぁ？」

　うわ、やっぱりいちいち言わなくていいことだったかな。

　さらに不機嫌にさせてしまったかも、と思っていたら、突然、頭の上に彼の手のひらが載った。

「食べ盛りの男四人の食材の量、舐<ruby>舐<rt>な</rt></ruby>めない方がいいよ」

　そう言った相良くんの口角<ruby>口角<rt>こうかく</rt></ruby>が片方クイッと上がる。

　え？

「丸山さんの身長じゃ、前見えなくなるぐらいカゴいっぱいになるから」

「なっ」

　確かに身長百五十三センチの私はあまり背が高いとは言えないけれど、それはあまりにも……。

「大げさ！　見えるからっ」

　そう言う私に「はいはい」と軽く流して相良くんがカートを押して歩くから、隣に並んで歩くしかできなくて。

　というか、相良くんの身長が高すぎるんだよ。

　いくら顔をメガネとマスクで隠しているとはいえ、そのスタイルの良さは隠しきれていないもん。

　多分、私よりも三十センチぐらい高いし。

　夕飯の買い物に来ているマダムたちも、チラチラと相良くんを見ている。さすがに相良雫久本人とは思ってないみたいだけど。

　彼の正体がバレないかとヒヤヒヤしながらも、なんとか初めてのクレジットカード支払いでの買い物を終えて。

　シェアハウスに着くと、俳優の渕野曜さんも帰ってきていてソファでくつろいでいるところだった。

　ずっとテレビで見ていた人と同じ空気を吸っているなんて。

　本当にいいのだろうか。

「あの日倒れちゃったし、もう来てくれないんじゃないかと思ってたから嬉しいよ。俺のことは曜でいいから。改めてよろしくね」

「は、はいっ。よろしくお願いします」

　優しいその微笑みは、ドラマで見たまんまで、本物

だ……と心の中でつぶやく。

「てか、今日制服じゃないんだね？　純恋ちゃん」

「曜くん」

　私をジッと見ながら言った曜さんの声に被（かぶ）せるように相良くんが彼の名前を呼んだ。

　ギラッと曜さんを睨みながら。

「いや、雫久の顔怖すぎー。冗談じゃん。半分本気だけど」

「曜くん、そんなんだといつか週刊誌に──」

「あーもう、わかったから。雫久、ほんと厳しいよなー。学校のセンセーみたい」

　ね？　と曜さんが私に話を振ってきたけど、苦笑いするしかできない。

「逆に雫久、大丈夫なの？　同い年のこんなかわいこちゃんが同じ屋根の下に住んで。多感な時期じゃん。純恋ちゃんのこと、襲わないでよ？」

　曜さんにサラッとかわいこちゃん、と言われたことにびっくりしたけれど、多分彼は、ほとんどの女の人にこんな態度なんだろうなというのは今話した間でなんとなくわかってきた。

　ドラマの印象と全然違くて驚いたけど。

　それに、襲うって……大丈夫だよ。相良くんには私、きっと好かれていないし。

　というか、日頃から綺麗で華やかな女の子たちに囲まれている芸能人だ。

　私みたいな平凡な女を見てもなんとも思わないだろう。

「いや、マジで曜くんには言われたくないから」

　相良くんは続けて「俺、部屋で仕事してくるから邪魔しないでね」と言ってリビングをあとにした。

　行ってしまった……。

「ふっ。可愛いでしょ。雫久」

「え、かわいい？」

　ふたりきりになったリビングで曜さんにいきなり話を振られて、どこが？　というセリフを飲み込む。

「口調はちょっと冷たく聞こえるけど、ああ見えて、一番優しいんだよ。この家の中で」

「……はい」

　私の小さな返事を聞いて、曜さんが「あ、気づいてた？」と言って笑う。

　彼が優しいことはなんとなく感じている。

　でもやっぱり、まだちょっとなに考えているのかわからないと言うか。不機嫌かと思ったら急に冗談を言ってきたり。掴めない人だなって思う。

「それにすぐに気がつけた純恋ちゃんなら、あいつの拠り所になれるかもね」

「拠り所、ですか？」

「ううん。独り言。あ、どうする純恋ちゃん、先に一緒にお風呂入っちゃう？」

　っ!?

「は、入らないですよ!!」

　意味深なことを言ったかと思えば、突然なにを言い出す

んだ。顔に熱が集まる。

「赤くなっちゃって可愛い―。じゃ、俺先に入るね。夕飯
楽しみにしてる」

　曜さんは私の耳元に口を近づけてそう言うと、脱衣所に
向かった。

　はぁ……。心臓に悪い……。

　唯十くんほどファンじゃないとはいえ、よく見ていた俳
優さんだ。あんな冗談言われて至近距離で話されちゃ、ド
キドキしてしまう。

　私、本当にここでやっていけるのかな。

「たっだいま！　……え!!　めちゃくちゃいい匂いするん
だけど！」

　キッチンでひとり夕飯の準備をしていると、玄関から軽
快な声が聞こえてきた。

　目線を上げれば、ちょうどリビングにやってきた人物と
視線がぶつかる。

　赤のヘアカラーに爽やかな短髪がよく似合う彼は、唯十
くんと同じangel lampのメンバー、武東麻飛くん。

　グループの王子さま担当の唯十くんとは少し違って、お
調子者でお笑い担当の麻飛くんは、エンプいちのムード
メーカー。

「純恋ちゃん！　早速夕飯作ってくれてんの!?」

　キラキラと目を輝かせながらこちらへやってくる麻飛く
んの圧倒的なアイドルオーラにめまいがしそうになる。

　この間見たときはあまりの衝撃で倒れちゃってよく見られなかったから。

　バラエティに出るとよく芸人さんにいじられている彼だけど、こうやって生でみると顔はテレビ画面で見るときよりもすごく小さいし、脚だってうんと長い。

　立派なアイドルだと痛感する。

「は、はいっ。えっと、あ、改めて、よろしくお願いしますっ！」

　憧れのアイドルグループのメンバーを目の前に話し方がぎこちなくなっていると、

「もしかしてカレー!?　俺の大好物じゃん！」

　足音とともに聞こえたその声に胸が高鳴った。

「ただいま。この間ぶり、純恋ちゃん！」

　大好きなアイドルグループの推しに、まさか名前を呼んでもらえる日が来るなんて。

　しかも、ただいまって。

　いや、ここは唯十くんたちの家だからそりゃそうなんだけど！

　どうしよう……また倒れてしまそうだ。

　私の格好、大丈夫かな。

　朝はメイクも頑張って、何度も姿見の前で確認したから大丈夫だとは思うけど。

　唯十くんの目に自分がどう映っているか心配でたまらなくて顔を上げられないでいると、

「っ、うわ！　もう今すぐ食べたい！」

　すぐ横から推しの声が耳に響いた。

　え。

　これって……。

　恐る恐る声のした方に顔を向ければ、「ね！」と眩しい笑顔がこちらに向いた。

　う、嘘でしょ。近すぎるって。

「ふはっ、純恋ちゃん顔真っ赤」

「なっ！」

　推しに見られている、その事実に死んじゃいそうなほど心臓がうるさい私をよそに、楽しそうに笑ったままの唯十くん。

　そんな彼が突然手を伸ばしたかと思えば、その手のひらがヒタッと私の頬に触れた。

　……ちょっと、待ってよ。

　頭が全然追いつかない。

「ゆ、ゆ、ゆ、いと、くん、あの」

「ん？」

　パニックでまともに話せなくなっている私を見て楽しそうに首をかしげる唯十くん。

　なんてこった。

　確かに、唯十くんはライブのときのファンサービスも凄すぎるって有名だけれど、こんなの、ファンサービスの域を超えている。

「唯十、そんなことしたら純恋ちゃんまた倒れるぞ？」

　私たちのやりとりを見ていた麻飛くんがそう言う。

　本当だよ、また倒れちゃう。

「そしたら、今度は俺が純恋ちゃんを運ぶよ」

　え……。

「雫久ばっかりかっこいいのはズルいしね」

　それって……。

　この間、倒れた私をソファまで運んでくれたのが相良くんってこと？

　っていうか唯十くん、今めちゃくちゃすごいこと言ってなかった!?

　私を運ぶとかなんとか！

　冗談でもそんなこと言っちゃ絶対ダメだって！

　相手はあなたの大ファンなんだよ!?

　脳内が大混乱の中、ポンと頭に優しく手を置かれて、私の身体はさらに熱を帯びる。

　唯十くん、ボディタッチ激しすぎやしませんか。

「これからよろしくね。純恋ちゃん。ご飯、楽しみにしてる」

　そう言いながら向けられたキラキラの王子さまスマイルに、一瞬呼吸が止まった。

　そしてやってきた晩ご飯の時間。

　食卓に全員が集まる。

「うわ!?　手料理とかいつぶり!?」

　と曜さん。

　唯十くんや麻飛くんも、早く食べよとすぐに座ってくれて。

　そんな中、相良くんは顔色を変えずに静かに腰を下ろしてカレーをジッと見つめていた。

「お、お口に合うかどうかわからないんですが。もし、もっとこうして欲しいとかあれば言ってください」

　私が不安げにそう言うと「匂いで美味しいから絶対大丈夫だけど！　了解！」と麻飛くんが明るく返事をしてくれた。少しホッとしていると、

「早く食べたい！」

　と曜さんにせかされたので、私たちはそろって「いただきます」と手を合わせてからスプーンを手に持った。

　カレーで大失敗はあまり聞かないけれど、家庭によって味が違うから。

　隠し味にニンニクとウスターソース、他にも色々と入れたカレー。

　ちゃんと美味しく食べてもらえるか……。

　ドキドキしながらみんなの様子を窺う。

　スプーンにカレーと白米を載せてそれを口の中に運ぶ姿をじっと見つめていると。

「ん!!」

「うんま!!」

「だー!!　うんめぇ!!」

　一口食べて飲み込んだ彼らが口々にそう言ってくれて、一気に安堵のため息が漏れる。

「よかった……」

「やばいよ、純恋ちゃん！　うますぎる！」

「ライブのケータリングでも置いて欲しい！　めちゃくちゃ元気でる！」

　と麻飛くんと唯十くん。

　大好きなアイドルに手料理を食べてもらっているなんて、本当夢みたいだ。

「純恋ちゃん、お店出した方がいいんじゃない!?」

　なんて曜さんがあまりにも大げさに褒める。

「そんな大袈裟な！」

　そう言いながら、曜さんの隣に座る相良くんにチラッと視線を移す。

　彼からはまだ料理の感想を聞いていない。

　口に合わなかったかな……。

　好き嫌いないとは言っていたんだけど。

「あの、相良く──」

「……うまい」

　不安になって声をかけようとしたら、つぶやくような声がした。

　えっ……相良くん、今……うまいって言った？

「ほ、ほんと？」

「ん」

　よかった……。

　正直、相良くんが一番心配だったから。

　ホッとしながらふたたび他のみんなに目を向ける。

「これから一ヵ月はずっとこんな美味しいもの食べられるんだと思うと、俺仕事まじ頑張れるわ！」

　と麻飛くんがカレーをかき込む。

　嬉しい。作ったものをこんな美味しそうに食べてもらえるなんて。

　安心したのと同時に、目頭が熱くなってしまう。

　翔に振られてから、自暴自棄になることもあって。

　こんな私なんか誰にも必要とされないんじゃないかって。

　ズタズタに引き裂かれていた私の心に、みんなの言葉が染みる。

　私にも、少しは取り柄があるのかな……。

　料理しててよかった、なんて。

　みんなの口に自分の作ったカレーがどんどん運ばれて。

　とうとう堪えていた涙がじわっと溢れて視界がぼやける。

　うっ……こんなところで泣くなんて。

　翔に振られて大泣きしたのをきっかけに涙腺が緩んだのかも。

「うぇ!?　どうしたの、純恋ちゃん!?」

　視線を落として洟をすすっていると、麻飛くんの戸惑った声がした。

　困らせちゃいけない、とすぐに顔を上げる。

「すみませんっ。その、う、嬉しくて……」

「あらー感受性強いねぇ、純恋ちゃん」

　と曜さんが嬉しそうにニヤつく。

「だからって泣く？」

と相良くんはちょっと呆れたような顔。

みんなを困らせてしまうってわかっているのに止められない。

大好きな唯十くんも見ているところで、恥ずかしい。

「純恋ちゃん、ここに来る前、なんかあった？」

「えっ……」

唯十くんの鋭い問いかけに、一瞬息を呑む。

「いや、話したくないことならいいんだけど。ルールに厳しいあの宗介さんが偉い人に頼み込んでまで純恋ちゃんを連れてきたのって、何か理由があるのかなって」

えぇ。そうだったんだ。初めて聞いた。

宗介さん、そこまでして私のこと……。

なのに、そんな私が落ち込んでいた理由がただの失恋って……。

私にとっては人生最悪の出来事だったけれど、はたから見たらそんなことでって思われてしまうかもしれないし。

でも、コソコソとみんなに事情を隠してここにいるのも罪悪感でいっぱいで。

私は恥を忍んで、幼なじみに振られたことをみんなに話そうと口を開いた。

「実は……」

静かに私の話に耳を傾けてくれるみんなに甘えて私は全てを話し終えた。

「……って、ことがありました。だから宗介さん、私にこ

んな夢みたいな機会を……」

「そうだったんだ……辛かったね、純恋ちゃん」

　唯十くんが眉尻を下げて優しくそう言ってくれる。

　曜さんもうんうんと頷きながら腕を組んで「なるほどねー」とつぶやいてから、

　「でも前に進もうって思ってここで働くの引き受けたの、偉いじゃん」と褒めてくれた。

　麻飛くんは「純恋ちゃんのこと振るなんてもったいないわ！　その幼なじみくん！」なんて励ましてくれて。

　終始、相良くんだけは何も言わず目も合わなかったから気になるけれど。

　そんな心配を打ち消すようにふたたび唯十くんが口を開いた。

「純恋ちゃんが少しでも元気になってくれるなら、俺にできることならなんでもするから。遠慮なく言ってね」

「唯十くん……」

　こんなに完璧な人、この世にいるんだろうか。

　推しに慰めてもらえるなんて。

　失恋も悪くないんじゃないかと思ってしまう。

「今、本当にたくさん、充分いただいたので。作った料理を褒めてもらって。ありがとうございますっ！」

「純恋ちゃん硬いって！　夏休みの短い間かもしれないけどさ、同じ家に住むんだからそんなかしこまらないで！　リラックスリラックス」

　と麻飛くん。

　みんなが優しくてさらに泣きそうになる。

「これから一ヶ月、苦しかったこと忘れるくらい、俺たちといろんな楽しい思い出たくさん作っていこう！」

「おー麻飛、たまにはいいこと言うのなー！　成長に泣ける！」

「たまにはってなに！　俺いつもいいこと言ってるから！」

　と麻飛くんと曜さんの賑やかなやりとりが始まって。すごく温かい気持ちになった。

　いつか、この傷を懐かしめる日が来たらいい、そんな風に思えた。

　唯十くんも麻飛くんも、テレビで見たまんまだな。

　いや、テレビで見るよりもさらに優しい人だと実感した。

　知り合ったばかりの私にあんなにあったかい言葉をかけてくれるんだから。

　食事の後片付けを終えてお風呂に浸かりながら、ふと考えるのは彼らのこと。

　曜さんも、実際に接してみるとちょっとチャラい人なのかなと思いきやちゃんと大人な言葉をかけてくれるし。

　いい人なんだなと思った。

　問題は……。

　やっぱりあの相良くんだ。

　私の話を聞いても特になんの反応も示していなかったし。

　余計、めんどうなやつとか思われてしまったかな。

　短い間ではあるけど一緒に住むんだし、嫌われながら過ごすのはきついから、できるだけ彼の気に障ることはしないようにしたいんだけど。

『アイドルとファンの線、ちゃんと引けってこと』

　あんなこと言われちゃったし……。

　そっけない人だと思ったら冗談言うし。

　かと思えば、黙ってるし。

　よくわからない相良くんとの接し方に悩みながらお風呂から出て、脱衣所で身体を拭く。

　ただの一般人、それもエンプのファンである女が突然やってきたらそりゃ警戒しちゃうのもわかるけど。

　でも、宗介さんの前では私のこと大丈夫だって言ってくれたし、さっきのご飯だって褒めてくれた。

　んー……。

　ガラッ。

　へ？

　ぐるぐると頭で考えながら着替えていると、なぜか脱衣所の扉が開けられた。

　扉の向こうにいる人物と綺麗に視線がぶつかって身体が一時停止してしまう。

　な。

　私と目が合った彼はすぐに目線をそらして、「はぁ……」という大きなため息をつきながらスッとドアを閉めた。

「相良くん！　みみみみみ、見た!?　い、今！」

　思わずドアに向かって叫ぶ。

　私、まだ下着しか着てないんだけど……！

「……いや、……見てない」

　っ⁉

　嘘‼　絶対さっき目合ったし‼

　今の、見えた人の間じゃん‼

「ていうかなんで鍵閉めないんだよ」

「あ……」

「ったく……」

　おうちでは閉めないから、すっかり忘れていた。

「一時間過ぎてるし、さすがに出てるかと」

「……す、すみません」

　そうだ。

　考え事しててうっかりいつもの感覚で入ってしまっていた。

　いかんいかん。

　ここはライドリアームに所属する大物芸能人たちの住むシェアハウスなんだから。

　完全に私が悪い。

　でも、男の子に下着姿を見られたのなんて初めてで。

　穴があったら入りたい。恥ずかしさで倒れてしまいそう。

　翔にだって、幼稚園の頃ぐらいにしか見られてないと思うのに。

　会って間もない、しかも大スターに見られてしまうなんて。

　もう、お嫁にいけない。

　「はぁ……」とため息をついてうなだれるけど、相良くんがお風呂の順番を待っているというこの状況。

　さすがに落ち込んでダラダラ着替えてられなくて。

　急いでパジャマに手を伸ばすと、

「ゆっくりでいいから」

　ドア越しにそんな声がしたかと思えば、

「……買い物のとき」

　ボソッと相良くんが続けた。

「え？」

「悪かった。ああいう言い方して」

　ああいう言い方……。

『アイドルとファンの線、ちゃんと引けってこと』

　あのセリフのことを言っているのかな。

「あぁ……ううん。相良くんが言ってたことは正しいと思うし」

「幼なじみとのことで傷ついている丸山さんにあんな言い方したのはよくなかったと思って。ごめん」

「そんな……」

　相良雫久に謝らせているなんて、ファンに見られたら激怒されちゃうよ。

　しかもまさかあのことを謝ってくれるなんて。

　翔との話をみんなの前でしてしまったけど、相良くんには余計嫌われたんじゃないかと思ってたから意外すぎて……。

　色々抱えていた心配ごとがスーッと溶けていくような感

覚。

「それに、うまかった。カレー」

「えっ、あ、ありがとうっ」

「ん」

　とドア越しに小さな返事が聞こえて。

　ちょうど着替えが終わった私は、遠慮がちにドアを開けた。

　すぐ横の壁に相良くんが背中を預けていて、チラッとこちらを見た。

　心臓がトクトクと音立てる。

　なに、この感覚。

　彼のこと、ちょっと苦手かもと思っていたはずなのに。

　あんなふうに褒められたあとに顔を見たら、なんだか嬉しくて身体の中がくすぐったくて。

「遅い」

　うっ。

　ちょっと安心したらすぐこれだ。

　優しいなあと思っていたのに。

「だって、相良くんがゆっくりでいいって言ったから……」

「だからってゆっくりしすぎ。ほら」

　やっぱり私には少々当たりの強い彼に唇を尖らせていたら、脱衣所に入っていった相良くんがドライヤーを差し出してきた。

「あ、ありが——」

「早く乾かして寝ろ」

「なっ」

　——バタン。

　お礼を言う前に、扉を閉められてしまった。

　なに今の態度!!

　いや確かに長風呂だったことも、鍵を閉め忘れてたことも申し訳ないけど!!

　だからって……。

　……っ、わ、わからん！！

　相良雫久!!

スターは大忙し

「今日は唯十くんたち、帰ってくるの遅いんだ……」

　翌日、ダイニングの壁に付けられたみんなのスケジュールが書いてあるホワイトボードを見て、それぞれの今日の予定を確認する。

　みんなもう朝早くに仕事に行ってしまった。

　エンプの唯十くんと麻飛くんは帰りが夜の九時過ぎ予定。

　相良くんと曜さんは帰宅時間未定。

　曜さんはともかく、エンプのふたりや相良くんは一応学生だし。いくら夏休み期間中とはいえ、勉強と芸能活動の両立ってすごく大変そう。

　しかも全員今やテレビで見ない日はないってぐらい引っ張りだこだし。

　私が思っていた数十倍、芸能人って大変だと痛感する。

　表では大変そうなところは一切見せず笑顔を振りまいているんだもん。

　昨日は彼らにたくさん励ましてもらったし、私もみんなのためにできることはなんでもしたい。

　「よし！」とダイニングでひとり声を出して、はじめに、シェアハウスの掃除をすることにした。

　仕事で疲れて帰ってきたみんなに、綺麗に掃除して爽やかになった部屋で休んでほしいから。

　そして夕飯だけじゃなく、作り置きのおかずや簡単なデザートも。

　頑張るぞっ!!

「ふう……全部できた！」

　ピカピカになったリビングを対面式キッチンから見渡して、視線を手元に移す。

　完成した作り置きおかずたちも、今日の夕飯である肉じゃがも、結構いい感じにできたと思う。

　みんなが好きなときに食べられるようにとプリンとゼリーもデザートに作った。

　壁にかけられた時計を確認すると時刻は午後二時。

　シーンと静かな部屋をふたたび見渡して昨日の賑やかだった夕食時間を思い出した。

　そっか……。大好きなアイドルや役者さんのいるシェアハウスだけれど、みんなこのハウスにいる時間の方が短かったりするのか……。

　バラエティ番組や音楽番組だけじゃない。

　ドラマや映画の撮影に、雑誌の撮影やインタビュー。

　見えないところでも動いている仕事がたくさんあって。

　もしかしたら、テレビ画面越しで見ている時間の方が、ここで直接会う時間よりも長いかもしれない、なんて。

　ちょっとだけ寂しい気持ちになったけど、慌ててブンブンと首を横に振ってそんなマイナスな感情を振り払う。

　ここでは前を向くために頑張るって決めたんだから。

　そう自分に言い聞かせて、夕方までリビングで夏休みの宿題をすることにした。

　ガチャ。

　ひとりで勉強を始めて二時間。

　玄関が開けられた音がした。

　えっ!?

　誰か帰ってきた!?

「お、ただいまー。純恋ちゃん」

　玄関に続く廊下に顔を向ければ、そこには帰ってきた曜さんの姿。

「曜さん！　おかえりなさい！　もっと遅くなるのかと」

　思わず立ち上がって、キッチンでそのまま手を洗おうとする曜さんを目で追う。

「んー、今日取材だけだったから。あとはちょっと仕事の準備っていうか……あ、そうだ」

　洗った手をタオルで拭いた曜さんが何か思いついたように声を出して、こっちを向いてニヤリと笑った。

　な、なんだなんだ。

　どんな顔をしても終始かっこいいので、芸能人ってやっぱりすごい。

　動きひとつひとつが全部、映画やドラマのワンシーンみたいだ。

　曜さんは、私のすぐ近くのソファに座ると立ったままの私を見上げて口を開いた。

「練習、付き合ってくれない？」

　れ、練習？

「覚えてるよ。チサの好きなところ」

「……っ」

わずかに目を細めて優しく笑うその表情に息を呑んだ。

「次、純恋ちゃんの番」

「えっ、あ、そっか、はいっ」

慌てて持っていた台本に視線を落としてセリフを確認する。

只今、曜さんに頼まれて、今度彼が主演するドラマのセリフの練習に付き合っている最中。

「……いまさら、な、なんなの？」

演技なんてまったくしたことのない私は、目の前の台本に書かれた文字を読み上げることでいっぱいいっぱいで。そんな私とは真逆で、すごく落ち着いていてスラスラセリフの出てくる曜さん。

さすがプロ。

こんな間近であの朝ドラ出演、渕野曜のお芝居を見ているなんて。

お金を払わないといけない状況だと感じていると、ヒタッと私の頬が温かいものに包まれた。

え……。

ゆっくりと台本から目を上げると、曜さんがこちらをジッと見つめていて。

頬に触れているものが彼の手のひらだということに気がつく。

……嘘。

曜さん、読むだけだって……言ってたのに。

こんな風に触れられるなんて聞いていない。

ただでさえ、元恋人同士という設定にドキドキしているのに。

「っ、えと、曜さん、あの……」

「今は、持田雪矢」

「な……」

曜さんは自分の役名をつぶやくと、そのまま私をソファに押し倒した。

「ほら、次のセリフ」

つ、次のセリフって言ったってこんな状況で出てくるわけがない。

台本に目を戻してもまともに文字が読めないほどにはパニックだ。

相手はテレビで見ていた俳優さん。

ママとかっこいいね、素敵だねって画面越しで見ていた人だ。

そんな人が今、色っぽい瞳で私のことを見下ろしている。

頭が追いつかない中、やっと次のセリフを見つけることができて。

「ゆ、雪矢くん……」

そう小さく呼べば、フッと曜さんが笑った。

全然、違う人みたい——。

「チサ、嫌じゃないなら目つぶってよ」

「……っ」

曜さんの大きくてゴツゴツした手が、私の耳を撫でて。

　　背筋がゾクゾクする。

　　こ、これって……。

「何してんの」

　　っ!?

　　突然、ソファの後ろから低い声がして、バッと勢いよく顔を向けると。

　　眉間に皺を寄せた相良くんが立っていた。

「おー、零久おかえり。早かったね」

　　と私に覆いかぶさったまま相良くんにそう言う曜さん。

「おーじゃなくて。警察呼ぶよ」

　　えっ!?　け、警察!?

　　思ってもみなかったワードが相良くんの口から飛び出してきたのでびっくりして固まっていると、曜さんが慌てて私から離れた。

「違う違う！　練習だよ、練習！　付き合ってもらってたの！」

「練習って……」

　　不機嫌な表情のままの彼に、私もスッと台本を見せる。

「これの……練習を……」

「はぁ……読むだけでなんであんな体勢に──」

　　♪～♪～♪～

　　呆れたようにため息混じりに相良くんが話していると、突然、どこからかスマホの着信音が聞こえた。

「ごめん、俺だ。そうちゃんから。ほんとごめん！　ちょっとふざけただけだから！　純恋ちゃんもごめんね！」

　曜さんは早口でそう言うと、電話の通話ボタンをタップして部屋へと行ってしまった。

　まだドキドキしている。

　ドラマや映画でしか見たことない光景がすぐ目の前にあって。

　すごかった。プロの俳優さん。

「バカ……」

「えっ」

　上から降ってきた呆れた声に顔を上げる。

　あ、一瞬、相良くんがここにいたことを忘れかけていた。

　さっきの衝撃がまだ……。

「丸山さんってほんと危機管理能力ゼロだよね」

「へ……き、危機管理？」

「脱衣所の鍵閉め忘れたり。今みたいな状況もそうだけど。もっと男に囲まれて生活してる自覚、持った方がいいんじゃない」

「……えっと」

　これは私、相良くんに叱られていますか？

　男に囲まれてるって……そんなの……。

「危ないのは曜くんだけじゃないってこと。襲われたいならまだしも」

「……っ」

　な、何を言っているんだろう。

　曜さんは少々人との距離が近い気がするけれど、あのチャラさはきっと全人類に対してそうで。

　そして、唯十くんも麻飛くんも相良くんも、芸能人で、その分綺麗な子たちをたくさん見ているだろうから、私みたいな平凡すぎる人間を襲うとか、考えられないんだけど。

「わかったら誰かとふたりきりになるときは、もう少し考えて」

「でも、さっきのは練習に付き合っていただけで……あんな大スターに頼まれて断るなんて私みたいな一般人には考えられないよ」

　相良くんみたいなザ・芸能人には私の気持ちなんてわからないよ。

　少しでもお近づきになれたらそりゃ嬉しいし。

　さっきのはちょっとびっくりしたけれど。

　これでも私はミーハーなんだから。

　って、ドヤることじゃないけど。

「なにそれ。曜くんは確かにさっきのは半分冗談だったとは思うけど、世の中には下心で都合のいいこと言って傷つけるやつだっている」

「…………」

「丸山さんにも色々あってそこまで考える余裕がないのもわからないでもないけどさ。だから……これでも、心配してんの」

『心配』

　相良くんの口からまさかそんな言葉が出てくるなんて。

「ごめん、なさい……」

　さっきの自分の態度を謝る。

　相良くんの言う通り、ここのメンバーだけじゃなくて、ここにいる間に外で私が何かに巻き込まれたりしちゃったら、宗介さんやみんなに迷惑がかかるもんね。
「別に俺に謝ることじゃないけど。自分の身は自分で守ってよってこと。自分が女だって自覚ちゃんともって」
「うん。ありがとう。……あ、あの、お詫びと言ってはなんですが、相良くん、デザート食べる？」
　我ながらなんてタイミングだとは思ったけど。
「はぁ？　……丸山さんってほんと、能天気（のうてんき）っていうかお気楽っていうか」
「相良くん、糖分足りないから少しイライラしているのかと」
「お前な……」
「あれ、相良くん、甘いもの苦手？」
　わかってる。
　相良くんが私に言ってくれたことが、私をちゃんと思ってくれて出た言葉だってこと。
　でも、そう思うと少し胸がキュンってして。
　そんな言葉をかけられたのは、初めてだったから。
　幼なじみの翔にとって、私はずっと、女の子じゃなくて、ただの幼なじみだった。
　だから、相良くんに、ちゃんと女の子扱いしてもらったことが無性（むしょう）に嬉しくて。ちょっと照れくさくて。
　そんな気持ちをはぐらかすように。
「甘いのは……好きだけど」

　素直すぎる返事に思わず笑みが溢れた。

　シェアハウスに住み込みで働くようになって早一週間。

　この生活にも少しずつ慣れてきた。

　相変わらずみんな忙しそうで、今日は久々に全員が夕食の時間にそろう日。

　久しぶりにエンプのふたりともゆっくりできる時間に口元が緩む。

　エンプは来週行われるライブの準備と練習に普段以上にバタバタだそうで。

　私もエンプのライブは毎年友達と一緒に応募していたひとりだけど、ずっと落選続き。

　それもそのはず。

　彼らのライブチケットの倍率が凄すぎるというのは、彼らのファンでなくても知っているくらい有名な話。

　そんなグループのメンバーとこうして食事を共にしているなんて。改めて自分がすごい環境にいることを実感する。

「なににやついてるの」

「っ!?」

　みんなで食卓を囲んでいると、私の斜め向かいに座る相良くんにジッと睨まれた。

　咀嚼にだらしなくなっていた口元に力を入れる。

「べ、別に、にやついてなんかっ」

「どうだか」

　鼻で笑いながらそう言った相良くん。

　な、なにその態度！

　なんか相良くんって、ふたりきりのときは優しいのにみんなといるときは少し厳しい気がする。

　気のせいかな……。

「うわっ。なんかふたりとも、この数日ですごい仲良くなってない？　俺たちが忙しい間に抜け駆けはずるいぞ雫久？」

　私たちのやりとりを見て麻飛くんがそう声を出す。

　これのどこが仲良く見えるって言うんだ麻飛くん……とツッコミを入れたくなるけれど。

　やっぱり麻飛くんと唯十くんが並んで一緒にいる姿を見れるだけで嬉しくて。

　そんな言葉全部飲み込んで無くなってしまう。

「それにしても、やっぱり純恋ちゃんのご飯は最高だね！」

　なんて麻飛くんが美味しそうにオムライスを頬張りながら褒めてくれる。

「うん。すっごい元気出る。最近、直接お礼言えなくてごめんね。作り置きしてくれてるご飯もいつも本当に美味しくていっぱいパワーもらってる」

　唯十くんまでも、キラキラした真っ直ぐな瞳でそんなふうに言ってくれるもんだから。

「そんな、いつもこんな私の料理を食べてくれてありがとうございますっ！」

　まだ食事は始まったばかりだけど、食べられないくらい、

心がいっぱいだ。

「丸山さんさ」

　突然、相良くんの不満げな声で前を呼ばれて視線を彼に移す。

「な、なんでしょうか……」

「唯十の好物ばっかり作りすぎじゃない？」

「えっ!?　いや、そんな！　ま、まぁ、その、たまたま、と言いますか」

　思わず目をそらす。

　むむ。バレてしまったか。

　初めてみんなと食卓を囲んだ日、そしてそれから久しぶりにみんながそろった今日。

　どちらの日も、すぐに浮かんできたメニューは唯十くんが好きな食べ物だった。

　唯十くんとゆっくりできる時間には、そりゃ彼の好物を作ってあげたい。

　彼のファンだから、そう思うのは自然なことだと思うので、許して欲しい。

「そうだよ、雫久なに言い出すの。雫久もオムライス好きでしょ」

　と何故か不機嫌な相良くんをなだめるのは唯十くん。

「っ、別に……」

　あの唯十くんが優しく声をかけてくれてるっていうのに。

　相良くんったらなんて態度だ。

「なーに、雫久。雫久も純恋ちゃんに好物作って欲しいの？」

「違っ、俺はただ、こういうあからさますぎるのどうなのって言ってんの」

「しょうがないでしょ？　純恋ちゃん、唯十のファンなんだから！」

　と麻飛くん。

　改めて面と向かってそう言われると、それはそれで恥ずかしいといいますか。

　唯十くんは「嬉しい」って笑ってくれるし。

　だんだんと頬が熱くなる。

「俺は、一応ふたりはアイドルとファンって関係なんだからちゃんと線を引けってことを……」

「あ——。雫久、もしかしてヤキモチ？」

「……はぁ？」

　曜さんのセリフに相良くんがさらに眉間に皺を寄せる。

　うわ、余計怒っちゃったよ。

　曜さんって、相良くんのイライラポイントをわかっていてあえてそのスイッチを押している気がする。

「まぁそうだよなー。なかなか純恋ちゃんと過ごせない俺らと違って、なんだかんだ雫久が一番純恋ちゃんと一緒にいるもんな？　そりゃ独占欲生まれちゃうかー。わからんでもないけど、男の嫉妬は見苦しぞー」

　なんて曜さんは続ける。

　うぅ、そうやって決めつけて話したらさらに相良くんの機嫌を損ねちゃうよ。

　と心配していると案の定、相良くんが口を開いた。
「あ？　俺はただ、唯十もあんなことがあったんだからもう少し注意しろって言って——」
「あーはいはい、その話は純恋ちゃんの前で禁止」
　『あんなこと』って？　と思っていたらすかさず、曜さんが相良くんの声を遮った。
　その瞬間、一気に場の空気が変わった気がした。
　な、なに？
　私が来る前、なにかあったのかな……。
　あんなに相良くんが線を引けって言うぐらいだ。
　唯十くんと唯十くんのファンの間に何かあったんだろうか。
「そうだよ！　せっかくみんな集まれたんだから、ケンカとかやめよ!!　あ、てか、今日あれじゃない!?」
　と麻飛くんの声でだんだんといつもの空気が戻る。
「そう。恒例のあれ、な」
　そうつぶやいた曜さんが、ニヤッと笑った気がした。
　恒例のあれって……。

　夕食を食べ終わり。
　みんなが集まっているのは大きなテレビとソファのあるリビング。
「あの、これって……」
　『リアルにあった恐怖体験』

　テレビ画面に出ている不気味な文字を見て嫌な予感がする。

　リビングの電気を消してみんなワクワクした様子。

「全員の都合が合えば毎年夏にこうやってみんなで見てるんだ」

　と唯十くん。

　一昨年に曜さんが再現VTRに出演したことをきっかけにみんなで見るようになったんだとか。

　それぞれが差し入れでもらったお菓子や飲み物をたくさんテーブルに広げて。

　完全なるお菓子パーティー状態で楽しそうだけれど……。

「あ、純恋ちゃん、怖いの平気？」

「っ、えっと……」

　曜さんの問いに口籠る。

「ちょっと苦手なので、私は先に部屋に戻って……」

「え、まじ!?　せっかくだから一緒に見ようよ！」

　とテレビに顔を向けていた麻飛くんがグインと首を回してこちらを見つめる。

　うぅ。大好きなグループのメンバーにそんなふうに誘われちゃったら、みんなと一緒に過ごしたくもなるけど……。

　ホラー番組じゃなかったら私もみんなとお菓子パーティー楽しみたかったよ！

「麻飛、無理強いするなよ。丸山さんのことだからまたぶっ倒れるよ」

　うっ。相良くん……その話で私のこと一生いじるじゃん。

「えと、すみません。じゃあ、私は部屋に戻ります……。
みなさん楽しんで」

　今までなら、ママの寝室に行って隣に寝てもらったりな
んてできたけど、そんなことできないし。最初から見ない
方が絶対身のためだ。

　と、自室へ行こうと踵を返した瞬間だった。

「そっか残念。でも、純恋ちゃん本当に大丈夫？　こうい
うの見てるときって別室に出るって言うよ」

「え……」

　曜さんのセリフに振り返ったら、彼がニッと意地悪な笑
みを浮かべていた。

「ちょっと、曜くん」

　とすかさず呆れたように相良くんが名前を呼ぶ。

　そんな話、初めて聞いたけど……。

　どうしよう。そんなこと聞いちゃったら足がすくんじゃ
う。

「これはもうひとりじゃいられないね」

　なんて言う曜さんはなんだか楽しそうで。

「おいで、純恋ちゃん。俺らがいるから大丈夫」

　唯十くんがあんまり優しい顔で手招きするもんだから。

「……っ」

　私は渋々、ちょこんとソファに座った。

　ど、どうしよう……。

やっぱり寝られない!!

みんなで二時間のホラー番組を見終わり。

各々自分の部屋へと戻って数時間。

横に置いてるスマホの時刻を見ると今は夜中の二時。

最悪だ……。

番組を観ている間、唯十くんや麻飛くんが隣にいてくれたし、みんな一緒だったからなんとか耐えられたけれど。

やっぱりひとりになるとシーンのひとつひとつを思い出してしまって。

怖くなってギュッと目をつぶって布団の中でうずくまる。

そして最大の問題は……。

私今、ものすごく、ト、トイレに行きたいんだ。

こんなときに限って!!

うう……。

やっぱり見るんじゃなかった、なんて思っても遅くて。

そろそろ我慢の限界。

行くしかないよね……。

ムクッとベッドから起き上がり、部屋を出る。

まだ一週間前に住みはじめたばかりのハウスだから、暗いと少し慣れなくてそれが一段と恐怖を煽る。

あーもダメだ。

さっさと行って部屋のベッドに戻ろう!　と、私は早歩きでトイレに向かった。

なんとか無事にトイレに行くことができ、急いで部屋に

戻ろうとした瞬間だった。

　──ガシッ。

　っ!?

「き、きゃーーっ!?」

　突然、何かに肩を掴まれて驚きのあまり声が出たけれど、そのまま口元を押さえられた。

　なんだなんだと目を見開いて私の口を塞ぐ人物を確かめようとしたら。

「叫ぶな。俺」

　目が暗闇に慣れてきて、グッと至近距離に見慣れた顔がうっすら見えた。

　一気に身体の力が抜けると同時に、彼が私の口から手を離した。

「な、なんだ相良くんか……」

「夜中の二時だよ」

「うん……起こしちゃったかな。ごめんね。その、寝られなくて……」

　私が物音を立てたせいで相良くんが起きてしまったのかと思うと申し訳ない。

　明日も彼には仕事があるのに。

「はぁ、やっぱりな」

「えっ」

　やっぱりって……。

「寝られないなら、ちょっと付き合って」

　と相良くんに言われて。

　言われるがまま、私は彼とふたりでリビングの端にあるベランダに着いた。

　ふたりで夜空を見ながら相良くんが入れてくれた麦茶のグラスを手に持つ。

「悪かったな」

　そう言ってベランダの柵に手を置いて麦茶を一口飲んだ相良くん。

　その姿があんまりにも綺麗で思わず見惚れてしまった。

　……相良くんには、なんだか夜が似合う。儚げ、っていうのかな。

「……なんで、相良くんが謝るの」

　十七歳にもなってあんな番組を怖がって寝られなくなってる私が悪いのに。

「あいつらがちょっと強引すぎたところあるし。ちゃんと止められなかった俺も悪かった」

　なんて。

　シェアハウスの中では相良くんが一番年下なのに、責任感が強いっていうか……。

「……相良くん、最年少なのにみんなのお母さんみたいだね」

　なんて。

　思ったことがそのまま口に出てしまって。

「はぁ？　バカにしてんの」

　また怒らせてしまった。

　私と相良くんって相性悪過ぎな気しかしない。

「え、違うよ。褒めてるんだよ！　なんだかんだずっと私のこと気にかけてくれるし」

「それは……丸山さんって、なんか見ててヒヤヒヤするから。……それに少し——似てる」

「ん？　似てる？　誰に？」

　そう聞き返したら相良くんはハッとした表情を見せてから首を横に振った。

「いや。なんでもない。てかどうすんの。丸山さん、寝られないって。朝まで起きてるつもり？」

「そんな、まさか。今、相良くんと話してだいぶ落ち着いたから。もう大丈夫だと思う。ごめんね。ありが——」

　バタバタッ!!

　っ!?

　相良くんにお礼を言おうとしたら、突然、ベランダ横の木々から大きな音がして。

　目を向けた瞬間、黒い影が横切った。

「なななに!?」

「コウモリだろ」

「え——……」

「まさか」

「うん……」

　最悪だ。

　せっかく落ち着いたと思ったのに。

　さっきテレビで見た、大きな影が横切るシーンが脳内でふたたび再生されてしまって。

「はぁ……」

　相良くんの大きなため息が夏の空に消えた。

「あの……相良くん、本当にいいの？　明日仕事あるよ
ね……」

　コウモリのせいでふたたび完全に怯えモードになってし
まった私は、自室のベッドに横になりながら、隣に座る相
良くんの背中に声をかける。

　あのあと、相良くんは「仕方ないから」と部屋に来てく
れて、私が寝るまでそばにいるなんて言ってくれたのだけ
ど。

　ものすごく申し訳なくて。

「別に。仕事は午後からだし」

「でも……その、男の人とふたりきりになるときはよく考
えろって」

　薄暗い部屋の中。

　すぐ目の前に相良くんの背中があるという状況に少し胸
がドキドキする。

「今回は緊急事態だろ。一睡もしないでフラフラなまま食
事作られてもそれこそ危ないし」

「……う、ごめんなさい」

「ん。悪いと思うんなら、早く寝ろ」

「っ、は、はい……」

　言い方はちょっぴりキツく聞こえるけれど。

　最近は、それにも慣れて、逆にちょっと心地いいかもなんて。

　それはきっと、やっぱり相良くんってなんだかんだ優しいんだってことが伝わるから。

「ありがとう。……おやすみなさい」

　と小さくつぶやいて。

　彼の背中の温もりを感じながら目を閉じた。

励ましの歌

「え、エンプのライブに!?」

　みんなでホラー番組を観賞した日から数日後。

　深夜に帰ってきた唯十くんの衝撃的なセリフに私は固まってしまった。

「うん。すごく急で悪いんだけど、純恋ちゃんのこと招待したいなって」

　こんなこと、現実で起こってしまっていいのだろうか。

　エンプのメンバーから直々にライブに招待してもらうなんて。

　もしかして、これも、宗介さんが私を励まそうとふたりに相談したことなんだろうか。

「特等席、用意してるからさ!」

　なんて麻飛くんもキラキラした笑顔を向けてくれるものだから、ときめいてしょうがない。

　泣きそうなぐらい嬉しい。ずっと憧れだったエンプのライブ。行きたくてしょうがなかったライブ。

　行ける日が来るなんて、夢みたいだ。

　でも……。

　いいのだろうか。私みたいなただの一般人が……。

　たまたま彼らのマネージャーである宗介さんが私を元気づけたいと思ってくれたことから始まった、ここでの暮らし。

　だけど、世の中には、私より苦しい思いをしながらもエンプに元気をもらっている人たちもたくさんいて。

　純粋に彼らを応援しているファンを差し置いて、たかが

失恋をきっかけに、こんな待遇（たいぐう）を受ける私って……どうなんだろう。

「どうしたの、純恋ちゃん」

　すごく嬉しいのに、複雑な気持ちが入り混じって。

　それがわかりやすく顔に出てしまっていたのか、宗介さんに声をかけられた。

「ライブとか、苦手、だった？」

　と唯十くんが不安げに聞いてくる。だめだ。唯十くんにこんな顔させたいわけじゃないのに。

　慌てて首を横に振って口を開く。

「違うの、夢みたいですっごくすっごく嬉しい。でも、知り合いの宗介さんがエンプのマネージャーってだけで、こんな特別扱いしてもらっていいのかなって。他のエンプファンに申し訳なくて……」

　と視線を落とすと、ふと優しく肩に手が置かれた。

　顔を上げると、宗介さんが微笑（ほほえ）んでいた。

「ライブの招待は、唯十と麻飛の提案だよ。俺からじゃない」

「えっ……」

　まさかのセリフに驚いて、エンプのふたりに目線をうつすと、ニコッとふたり同時に笑顔を見せてくれた。

　ふたたび唯十くんが口を開く。

「確かに、純恋ちゃんがここに来たことは偶然かもしれない。でも、この数日、純恋ちゃんの作る美味しいご飯と笑顔に元気もらってたのは俺たちの方だから」

「唯十くん……」

　彼の言葉にじんわりと目頭が熱くなる。

「誰が来ても同じように感じたとは思わないよ。純恋ちゃんだから、俺たちのライブに来て欲しいって思ってるんだ」

「せっかくの夏休みなのにずっとここで働いてくれてるんだからさ！　自分らのライブで言うのも変だけど。息抜きしてよ、純恋ちゃん」

　と麻飛くんまで。

「……っ」

　私よりも何百倍も忙しくて息抜きが必要なのはきっと彼らなのに。どこまでも素敵な人たちすぎるよ。

「……あ、ありがとうございますっ！　……い、行きたいです。エンプのライブ！」

　涙ぐんでそう言えば、宗介さんが私の髪を優しく撫でて。

　「やった！」「よっしゃ！」というふたりの声もリビングに響いた。

　唯十くんたちからライブに招待してもらった翌日。

　私は、彼らが準備してくれた特等席に、相良くんと並んで座っている。

　周りはエンプの大ファンで溢れ返っていて、こんなにたくさんの人たちが彼らを好きなんだと、改めてエンプの人気の凄さをヒシヒシと感じていると。

「で、なんで俺も？」

　横から不機嫌な声がして私の耳に届く。

「えっと、私、ライブとか生まれて初めてでひとりじゃ不

安で。でも、相良くん今日はオフだって宗介さんから聞い
たから……その」

「丸山さん、俺のことなんだと思ってるの」

「……えっと、おか……ほ、保護者？」

　お母さんなんて言ったらまた怒られる、と思って言い方
を変えたけど、相良くんは安定して不満げな顔を見せてき
た。

　こんなやりとりをしてないと、夢見心地のこの空間に、
これでもかってくらいにやけておかしくなっちゃいそうだ
から。

　ヘラッと笑ってみせた私に、相良くんが大きくため息を
ついた。

　ステージが一番綺麗に見える最高の席。

　どうしよう……本当に来てしまったんだ。

　angel lampのライブにっ!!

　さらに数分たち、会場の照明が暗くなった瞬間。

「きゃーーーー!!」

　という黄色い歓声が一斉（いっせい）に会場に響き渡って。

　その音に、私の心臓もドクンと脈打つ。

　ステージに設置された巨大スクリーンから、バッと迫力
のあるオープニングの映像が流れ始めて、いよいよ始まる
んだとドキドキが加速する中、angel lampの代表曲のイ
ントロが聞こえた。

　周りの叫び声もさらに大きくなり、私の心拍数もどんど

ん上がる。

　ついに、始まる‼

　ドーーンッ‼　と大きな音とともにステージから豪華に花火が噴き出てくる演出に圧倒されていると、そこからメンバーが登場した。

「きゃっー‼　唯十ーー‼」

「麻飛くーーん‼」

　周りを見渡せば、みんな立ち上がってペンライトや手作りのうちわ、ネームボードを掲げる。

　す、すごい……。

　テレビで見るよりもずっとずっと、キラキラしていた。

　どうしよう。

　大好きだったアイドルをこんなに間近に見られて、そんな彼らが私たちに向けて歌ってくれているなんて。

　目頭が熱くなって。

　幸せすぎて苦しいなんて、生まれて初めてだ。

　息が止まりそうで。

　釘付けになってしまう。

　目が合ったファンひとりひとりに手を振ってファンサービスをしていて。

　唯十くんも麻飛くんも。数日間、私は彼らと同じ屋根の下にいたんだということが信じられなくて。

　エンプのメンバーを目で追うので必死だった。

　何曲も続けて大好きな曲が流れて。

　終始、angel lampに全身をギュッと抱きしめてもらっ

ているような気分に、もう胸がいっぱいで。

　メンバーが二回目の衣装替えを終えて、そろそろ終盤に近付いたとき。

「次はこの曲──」

　唯十くんの透き通るような綺麗な声が、マイクを通して会場に響いた。

「ときには傷つくこと、苦しいこと、たくさんあると思います。そんな気持ちを抱えながらも頑張っているあなたに届けます」

『僕らがいるから』

　あっ……この曲……。

　翔に振られて落ち込んだ日に聴いて、そのあったかい歌詞が心に沁みた。

　失恋したり、仕事で失敗したり、頑張りすぎてヘトヘトな人へ向けた、元気をくれる爽やかでアップテンポな曲だ。

　歌詞の内容が、今の自分にものすごくリンクして。

　曲の中盤にはメンバーのセリフパートもあり、メンバー五人が順番に、ライブバージョンでセリフを言ってくれて、それぞれの励ましの言葉にさらにウルっときて。

　黄色い歓声がふたたび大きくなる。

　そして、最後は唯十くん。

「今、疲れていたり、落ち込んでいるキミが、今日、俺たちといるこの時間だけでも、心から全力で笑ってくれますように──!!」

「……っ」

　いつも王子さまキャラのキラキラした唯十くんから聞こえた力強い叫び。
　その後すぐのサビで、とうとう我慢していた涙が溢れて。
　今すぐこの感情を共有したくて。
「……相良くん、音楽ってすごいねっ」
　隣に並ぶ彼に向かって、思わずそう声が漏れた。

〈雫久 side〉

『……相良くん、音楽ってすごいねっ』

っ!?

隣の彼女のつぶやきが聞こえて、目線を向ければ。

目を潤ませながらステージを真っ直ぐ見つめていて。

その表情に、俺のうっすらだった記憶がまた思い出された。

……やっぱり……似てる。

なんて。

『すっごく上手だね！　大人になったらぜったい歌うお仕事した方がいい！』

丸山さんの今の輝いた瞳が、あの日俺の歌を初めて聴いてそう言ってくれた彼女とリンクして。

だから、唯十じゃなくて俺に、その笑顔を向けて欲しいと強く思った。

しっかりしてるように見えてどこか危なっかしくて。初対面で突然ぶっ倒れるし。

そんな丸山さんを見ると、昔出会ったその子に対して抱いた感情が蘇ってくるような感覚になる。

既視感っていうのかな。

俺の人生を変えたと言っても過言ではない、昔、数日だけ一緒に過ごした女の子。

人に自分の歌声を聴かせたのは、そのときが初めてで。

いつかどこかでまた再会するようなことがあったら、お

礼を言いたい。

　それは、今の俺の一番の願い。

　ライブが終わったあとの丸山さんは、数分放心状態で。なかなかその場を動こうとしなかった。

　確かにすごくよかったライブだったけど。

「丸山さん」

　ステージをジッと見たままの彼女に声をかけた瞬間。

フッと、視界から丸山さんが消えた。

「はっ!?　ちょ、丸山さん!?」

　勢いよく下に視線を落とせば、丸山さんがフロアに座り込んでいた。

「どうしよう……立てない」

「えっ」

　嘘でしょ。

　ライブで腰抜かすって……。

　いや、生まれてはじめてのライブって言っていたし、そりゃ圧倒されるだろうけど。

　ほんと、丸山さんのこういうところだよ。

　あんなにうまい料理を手際よく作れちゃうくせに、突然、免疫ないところ見せてくるから。

　手を貸したくなる。

「ほら」

　彼女と同じ目線になるようにしゃがみ込んでから、背中を向ける。

「へ……まさか、相良くんも腰抜かした!?」

「バカか」

　あるわけないことを平然とした顔で言う彼女に呆れながらも、そんなちょっとズレてるところも、いちいち、あの子に重ねてしまう。

　いつか再会したいって願望からそんな風に見えるだけ。

　そう自分に言い聞かせながら、丸山さんの手を取る。

「乗って」

「え、おおお、おんぶってこと!?」

「声でかい」

「だって……」

　と周りをキョロキョロ見ながら言う。

　こんなに盛大に腰抜かしといて今更ひと目を気にするなよな。

「早く。迎えの車来てるから」

「や、でもっ、相良くんが……」

　と丸山さんが俺の名前を小声でつぶやく。

「そ、そんな目立つことしちゃったら、バレちゃうかも、だし……その、シンプルに恥ずかしいし、超絶重いし、大スターのお背中にもし傷なんてつけたら私──」

「あーも。ペラペラうるさい。んなやわじゃないから」

「っ、ちょっ!!」

　少し強引に、彼女の手を引いて俺の背中に重心が傾くようにしたら。

　あっという間に、背中に彼女の身体が収まった。

「はっ、ちょ、さがっ……！」

　焦って大きな声を出した丸山さんだったけど、周りの人がなにごとかとこちらを見たので口籠もって俺の肩に顔を埋めた。

「バレちゃったら大変だよ……こんなっ」

　立ち上がると、後ろから小さくつぶやく声が耳に届く。

「別に何もやましいことしてないし。バレたらバレたで説明すればいい」

　俺と丸山さんの間には何もないし、今やエンプの関係者である彼女を助けたとして、それがなんだっていうんだ。

　そもそも、マスクとメガネと帽子。

　今までこの変装でバレたことはまずないから安心して欲しい。

　それに、ここにいるのは全員angel lampのファン。

　たとえ俺のことも応援してくれる人たちがいたとしても、今は目に焼き付けたばかりの彼らのことで頭がいっぱいだろうし。

「それとも、丸山さんは俺とどうにかなりたいの？」

「そ、そんなことっ!!」

「ちょっ、人の背中で暴れるな。折れる」

　彼女を背負ったことをもう後悔しそうだ。

「っ、な！　さっきやわじゃないって言ったのに……！」

「だからって暴れていいとは言ってない」

「……うっ、はい。ご、めん、なさい」

「ちゃんと摑まっててよ」

「ん。ありがとう……ございますっ」

　ギュッと俺の服を彼女が握ったのが伝わって。

　俺は、丸山さんを抱えながら人ごみの中を歩いた。

　会場を出るまで、終始周りからの視線がすごかったけれど、

「え、ふたりともどうしたの!?」

　運転席にいた宗介さんが俺たちを見て何事かと慌てながら車を発進させて。

　なんとか〈それ宙〉の相良雫久だということはバレずに、迎えの車に乗り込むことができた。

　うちに着くまでの車の中。

　丸山さんはエンプのライブについてどこがどうよかったかを事細かく宗介さんに話していて。

　聞きながら相槌を打つ宗介さんもすごく嬉しそうだった。

　そりゃそうか。

　彼女を元気付けるためにと、うちに連れてきたんだから。

　少しでも失恋の傷が癒えたのならいいけど。

　ライブの感動で腰を抜かすぐらいの丸山さんだから、失恋の記憶も飛んでいるんじゃないかと思う。

　初めてうちに来たときも、現実を夢だと言って覚めようと必死だったし。

　すごい熱量で話し続ける丸山さんを見ていると、彼女のエンプ愛は本物なんだと改めて実感して。

同時に、またモヤッとした感情が沸々と込み上げてきたから、それを跳ね除けるかのように窓から見える外の景色に意識を集中させた。

しっかり目に焼き付ける。

今見えてる景色のなにかが、いつか曲づくりのヒントになるかもしれないから。

ライブ終わりの夜。

エンプのふたりは今日は向こうで泊まるらしく。

曜くんもラジオの仕事で遅くなるということで。

丸山さんとふたりきり。

「丸山さん、お風呂沸いたよ」

丸山さんの部屋のドアをノックして声をかけるけど。

「…………」

返事がない。

いつもなら「はい！」と元気すぎる声が聞こえるのに。

コンコンッと、もう一度。

「丸山さん？」

「…………」

返事なし。

「丸山さん、開けるよ？」

ガチャ。

「丸山さ──」

控えめにドアを開けて中を覗くと、ベッドでイヤホンをしたまま横になって寝息を立てている姿が見えた。

爆睡……。

人生初のライブに、はしゃぎつかれたのかも。

こんなに気持ちよさそうに寝ているのを起こすのも少し申し訳なくて。

てか……。

髪の毛食ってるし……。

静かに近づいて、ゆっくりと、彼女の口に触れていた毛先をそっと直していると、耳から外れた片方のイヤホンから音がかすかに漏れていることに気づいた。

この曲……。

確か、今日、丸山さんはこの曲を聴いて泣いていた。

こんなこと言うのはどうなのかと思うけれど、あの泣き顔を見たとき、ものすごく綺麗に泣く子だって思った。

そして、俺の曲を聴いたらどんな顔をするんだろうって純粋に気になったりして。

変なの。

「んっ……」

「……っ！」

突然、モゾモゾと動いた彼女の口がわずかに開かれたかと思えば、

「……か、ける」

と切なそうな声が漏れた。

翔って……。

丸山さんが失恋したって言ってた幼なじみだろうか。

寝言で呼ぶなんて、全然吹っ切れてねぇじゃん。

　そう心の中でツッコミながら、なぜか胸がチクッと痛ん
だ。

打ち上げバーベキュー

「もうふたりともほんっとうにかっこよかったです!!　あんな素敵なライブに招待していただき本当にっ……」

「ははっ、純恋ちゃんそれ言うの何回目?」

「三日間ずっと言ってるよね。嬉しいけど」

「何回言っても言い足りないですよ!　ほんっとに素敵な時間でした」

　エンプのライブに参加してから三日が経ち。

　今夜は曜さんの提案で、ハウスのベランダでバーベキューをすることになって。

　ただいまみんなでお肉を焼いている最中（さいちゅう）。

「ていうか、ここで打ち上げって……打ち上げはエンプのメンバーとスタッフでやってるんじゃないの」

　と相良くんが相変わらず不機嫌そうに言う。

「細かいことはいいじゃん。打ち上げは何回やってもいいんだよ!」

　と相良くんの紙皿にお肉を載っけた曜さん。

「曜くんが肉食べたいだけでしょ」

「ん——!!　うま!」

　相良くんの声が麻飛くんの嬉しそうな声にかき消される。

　そのあまりの美味しそうな姿を見て私もワクワクしながら紙皿に載ったお肉をお箸（はし）でつまんで口に運ぶ。

　曜さんが知り合いからいただいたというとてもいいお肉。

　一口噛む（か）むだけでとろけそうな柔らかさで甘みのある肉汁

が口いっぱいに広がる。

　何これ。

　こんな美味しいお肉食べたことない。

「んんっ!!　美味しい!!　柔らかいっ!!」

「よかった！　純恋ちゃんに喜んでもらえて」

　と曜さんが笑う。

　幸せな時間すぎる……なんてお肉を味わいながら浸っているると。

「あれ、純恋ちゃんのジュースだけなんか違くない？」

　私の横に置いてあった缶ジュースを麻飛くんが見て指差した。

「あぁ、俺が昨日、スタッフさんからもらったの。ふたつしかなくてひとつは俺が飲んだから。いつも頑張ってくれてる純恋ちゃんにあげた」

　さっき、曜さんにコソッと「これめちゃくちゃうまいから純恋ちゃんにあげる。特別ね」と耳打ちされたのを思い出す。

「えーーいいなぁ！　ね、純恋ちゃん、一口飲ませて？」

　ピョンっと麻飛くんが私の隣にやってくる。

　えっ!?

　それって……か、間接キスになるってことだよね!?　あのエンプの麻飛くんと!!

「俺のコーラもあげるからさ」

「えっと……」

「ちょっとだけ！　お願い！」

　と顔の前でパチンと手を合わせる麻飛くん。

「麻飛、純恋ちゃん困ってるよ。ごめんね、純恋ちゃん。麻飛、ひとの食べてるものとかすぐ欲しがる癖あって」

　と唯十くんが眉尻を下げて謝る。

「いや、その、全然！　大丈夫、なんですけどっ」

　麻飛くんは、そういうの気にしないのかな……なんて思いながら口籠もっていると。

「あー！　もしかして間接キス気にしてる？　嫌だった？」

　なんて麻飛くんがど直球で聞いてくるから。

　たちまち顔が熱くなる。

「へっ!?　いや、違っ、その、逆に麻飛くんはいいのかなって」

「あはは。純恋ちゃん顔真っ赤！　かわいい！　俺は嬉しい」

　う、嬉しいって。

　こんなことでドキマギしちゃう私の方がおかしいのかな。

　好きなグループのメンバーにお願いされて断れるわけがない、と。

　しぶしぶ持っていた缶を彼に差し出した瞬間。

「へっ……」

　麻飛くんが受け取ろうとした寸前、缶が誰かの手によってスッと上にあげられて。

　そのままそれを目で追えば、缶ジュースを奪った人物は相良くんで。

　ジュースがそのまま彼の口元へと運ばれていた。

「え、ちょ、雫久!?」

　と麻飛くんの慌てた声が広いベランダに響く。

　平然と一気に私の飲み物を飲み干した相良くんを見て固まることしかできない。

　私、それまだ二口ぐらいしか飲んでいないし……。

　ていうか、なんで急にこんなこと……。

「雫久何やってんの！　全部飲むとかひどい！　俺も飲みたかったのに！」

　と麻飛くんも言う。

「……丸山さんが悪い」

「えっ……」

　何が悪いのか全然わからなくてぽかんとしていると、

　曜さんが「あーはいはいはい」と言いながら、なにやら楽しそうに相良くんと麻飛くんの肩に手を置いた。

「また今度もらってくるからさ？　麻飛そんな怒らないであげて。純恋ちゃんもごめんね？　雫久、純恋ちゃんがあんまり美味しそうに飲むから我慢できなかったんだよな？　可愛いな？」

「いや、俺はただ……っ……ごめん」

　相良くんは何かを言いかけたけど、決まり悪そうにガシガシと後頭部をかいてからつぶやくようにそう謝った。

　本当に、曜さんが言うように美味しそうで我慢できなくてそうしたのかな……。

　相良くんってそんな子供っぽいところもあるんだなあな

んて見つめていると、バチッと視線が絡んで。

「……っ、追加の肉取ってくる」

相良くんはなんだか慌ててそう言って私の視線から逃げるように家の中へと行ってしまった。

曜さんがそんな彼の背中を目で追いながら、

「自分の行動に自分が一番びっくりしちゃってんじゃん」

なんて言って笑った。

みんなでワイワイ美味しいお肉をいっぱい食べたあと。

曜さんが用意してくれた手持ち花火をみんなでやろうということになり。

私たちは、パチパチと色とりどりに輝く火花を眺める。

「花火とか何年ぶり!?」

と目を輝かせた麻飛くんがはしゃいで手に持ったそれをぶんぶんくるくると回すから、

「麻飛危ない」

と相良くんがすぐに叱った。

麻飛くんの方が一個年上なのに、相良くんの方がお兄さんみたい。

「花火大会とか祭りとか、しばらく行けてないもんな?」

と曜さん。

そうだよね。

ここにいるみんなは大人気スターたち。

そんなイベントに行く暇だってないだろうし、そもそもあんな人混みに彼らがいたらそれこそパニックになってしまう。

「純恋ちゃんは？　去年花火大会とか行った？」

　唯十くんが私の花火に新しい花火の先をくっつけて火を
もらおうとしながら聞いてくる。

　突然一気に距離が近くなるから、たちまち鼓動が速く
なって。

　憧れの推しと肩がくっつきそうで、息が止まる。

　せっかく唯十くんが話しかけてくれてるんだ、早く答え
ないと。

　花火大会には行った。

　去年。

　……翔と。

「……い、行きました」

　そう答えたタイミングで、唯十くんの花火に火が灯って
光り出すから少しは距離が離れるかと思ったのに。

　唯十くんは肩を触れさせたまま話し続けた。

「いいな〜。友達と？　もしかして浴衣とか着た？」

　『純恋ちゃんの浴衣姿、可愛いんだろうなあ』なんて唯
十くんが言うからまた顔が熱くなって。

「えっと……幼なじみ、と。浴衣は着てないです……」

　『友達と行った』とサラッと当たり障りなく言えばよかっ
たことなのに。

　つい正直に口から勝手に出てきてしまった。

　幼なじみと言えば、それが私を振った相手だとわかって
しまうことなのに。

　翔は友達ではない。

　幼なじみ以上になりたかったけどなれなかった特別な相手。
「あ、ごめんなさいっ、そのっ」
　言ってしまってから、気を遣わせてしまうかもととっさに謝ると、
「なんで謝るの。俺から聞いたんだし」
　と唯十くんが優しく笑った。
「楽しかった？」
「え、あ、はい。振られる前だったので。楽しかったです。ずっと毎年ふたりで行ってたんですけど、今思うと、あれが最後だったんだな……」
　なんて一瞬、浸ってしまったけれど。
　今、自分の気持ちが少し変わっていることに気づいた。
　翔に振られたばかりのときよりも、翔との楽しかった出来事を思い出してもそこまで胸が苦しくない。
　ちょっと、ギュッとはなるけれど。
　全然違う。
「でもっ」
　ちょうど私の花火が消えて、声を出した。
「翔との花火大会の思い出は楽しかったまま、今年はこうして憧れで大好きなみなさんとこんなに素敵な夏を過ごせているので」
「大好きって……照れるから純恋ちゃん！　俺も大好き！」
　と麻飛くんが叫ぶ姿がおかしくてふふっと自然と笑みが溢れる。

「ありがとうございます、麻飛くん。……振られたばっか
のときは苦しくて」

　今までの時間は全部無駄だった、世界一不幸だって思う
こともあったけど。

「今は、あんな素敵なライブに招待してもらったり、こう
して楽しい時間を過ごせて、世界一幸せ者だなって思いま
す！　……単純、ですかね……」

　そう言いながら視線が落ちる。

　なんだかまた相良くんに怒られそうなことを言った気が
する、と思ったら案の定、

「ほんと単純だな」

　と声がした。

　でも、その声色はいつもの不機嫌な感じと違って優しく
て。

　相良くんはそのまま続けた。

「でも、そこが丸山さんのいいところなんじゃない」

「えっ……」

　相良くんの意外なセリフに思わず目をパチパチさせてし
まう。

「気持ち切り替えられなくてネガティブな考えのままな人
だって世の中にはいるんだから。そんな中でそんな風に考
えて前に進もうとしてる丸山さんは……立派だよ」

「相良くん……」

『立派』

　まさか、相良くんにそんなこと言ってもらえるなんて。

嬉しすぎて泣きそうだ。

　うるっとして、目の前で色とりどりに光る花火がぼやけて見えたとき。

「無理……雫久がいいこと言ってて泣きそう俺」

　と曜さんが目頭を押さえて。

「待って今のセリフもう一回雫久！　メモる！　メモるから！」

　と麻飛くんも立ち上がって、ふたりのその姿が面白くて自然と涙が少し引っ込む。

「雫久、歩く名言集なところあるもんね。さすが」

「あーうるさ」

「ふふっ、照れてる」

　と唯十くんが少しイタズラっぽく笑う。

「ていうか、丸山さんが好きなのはエンプで、唯十、でしょ。全員に、簡単に好きとかそういう言い方するのはどうかと思うけど」

「え、そこ？　細かいねぇ、雫久。照れてるんだね？　俺は素直に嬉しいけどなあ」

　と曜さん。

　やっぱり怒られてしまうのか……。

　でも……。

「……本当に好きだよ！　相良くんのことも！」

　相変わらず彼の沸点はわからないけど。

　それでも、初めの頃曜さんが言ってくれたみたいに、相良くんが本当はすごく優しいことも知ってるから。

　エンプのライブで私の腰が抜けたとき、あのときの相良
くんの温かった背中を今もしっかり覚えているから。
　まっすぐ彼の瞳を見ていたら、
「……ほんと、バカ」
とため息混じりでそう言った彼が私から目をそらした。
え……。
　今、耳の先が赤くなったように見えたけど……。
　気のせい、かな。

　花火も残り数本。
　締めはみんなで線香花火対決をしようということにな
り、先に火が消えた方がお皿洗いをするという罰ゲーム付
きで、四人で輪になって線香花火に火を灯す。
　パチパチと可愛らしい音を鳴らす線香花火を眺めている
と、
「いいね？　線香花火。なんか、純恋ちゃんに似てる」
　と隣にいる唯十くんが不意に私の名前を出したのでびっ
くりして顔を彼に向けると、ニコッと微笑まれた。
「華奢で小柄だけど、笑顔がパァって明るい分すごいパワー
感じるっていうか」
「あ！　わかるかも！　純恋ちゃんの笑った顔見るとこっ
ちまで元気になる」
　なんて、麻飛くんまで言うから、嬉しいような恥ずかし
いような……。

　そういえば……昔、誰かにもそんなことを言われた気がする。

『みーちゃんが笑ってると、僕も元気になる』

　うっすら思い出す小さい頃の記憶。

　あの声は確か、男の子の声で……。

　幼なじみの翔、かな……。

　でも、翔に『みーちゃん』なんて呼ばれた覚えはなくて。

　あっ……。

『みーちゃん、それ、熱くないの？』

『大丈夫だよ！　楽しいよ！　カイトくんもやろ！』

「カイト、くん……」

「え？」

　思わずつぶやいた私の声に、曜さんが反応する。

「あ、すみません……ちょっと昔のこと、思い出して。初めて、線香花火をやった日のこと。田舎のおばあちゃんちで、やったなあって」

「へー！　いいねそういうの」

「家族で？」

　柔らかく笑う唯十くんと、興味津々の麻飛くん。

「いや……私だけ、数週間遊びに行ったときで。……それで、たまたま会った同い年くらいの男の子と。彼も、彼の祖父母の家に遊びに来てて、一週間だけだったけど、遊んだ記憶があります。うっすらですけど。名前は……カイトくんって言ったかな……」

「カイトくん！　その子が純恋ちゃんの初めて奪ったって

ことか?」

は、初めてって……。

「曜くん、変な言い方しないで」

と麻飛くんがピシッとすかさずツッコんで。

私は苦笑いしたまま、ふと、正面に灯っていたはずの明かりが急に見えなくなったので顔を上げれば。

相良くんの線香花火の火が消えていた。

なぜか驚いたように目を見開いてこっちを見ていた相良くんと、バチッと視線が絡んだ。

「相良くんの、消えてる!」

「え……あっ……」

「お! 雫久がお皿洗い決定だな!」

「よろしく!」

と曜さんと麻飛くんが嬉しそうに相良くんの肩をバシバシと叩くけど。

相良くんはなんだが目を泳がせていて動揺しているみたい。

さっきも、どうして私のことを見て驚いた顔をしていたのか不思議で。

「雫久、どうした?」

彼の違和感に気づいた唯十くんが優しく声をかける。

「いや、別に……」

「あまりのショックに言葉を失ったか!」

なんて麻飛くんがさらに笑う。

本当にお皿洗いがイヤで様子がおかしいんだろうか……。

　と、見つめていたら、私と目を合わせないまま相良くんが口を開いた。

「……花火以外に、覚えてることないの」

「えっ」

「その男の子との思い出」

　相良くんがさっきの私の話に食いついたのが意外で一瞬固まってしまう。

「えっと……うん……花火したことしか覚えていないかな……」

「そう」

「どうして？」

「いや、なんでもない」

　と相良くんが小さくつぶやいたタイミングで、唯十くん、麻飛くん、私の順番で花火の火が消えて。

　灯り続けている花火を持って、曜さんが「よっしゃー！」と叫んだ。

　相良くん……どうしてあんなこと聞いたんだろう。

　コンコンッ。

　バーベキューが終わってお風呂に入って部屋でゆっくりしていると、ドアがノックされた。

「はいっ！」

「純恋ちゃん、ちょっといい？」

　え。

　ドア越しからの優しい声。

　この声は……。

　ゆ、唯十くん!?

　まさか唯十くんの方から私の部屋に直々(じきじき)に来てくれることがあるなんて。

　途端に心臓がトクントクンと速く音を立てる。

　急いで軽く髪を手ぐしで整えて、鏡で変なとこがないかサッと確認してから、ドアを開けた。

「ごめんね、突然」

「いえっ！」

　唯十くんも今お風呂から出たのか、髪が濡れていていつもよりも大人っぽく見える。

　その姿にまたドキッとして。

　目が合わせられない。

「ちょっと中いい？」

「えっ、あ……」

「大丈夫。襲ったりしないから」

　な！　お、襲うって！

　その爽やかな顔に似合わなすぎるセリフを言うなんて。

「ど、どうぞ」

　そう言って唯十くんを部屋に案内すると。

「そんなにかしこまらないで。座って」

　と唯十くんがフワッと笑って言うから、言われた通りベッドにちょこんと座った。

　部屋で唯十くんとふたりきりなんて。

息が止まってしまいそう。

「雫久にバレたらまた怒られそうだからさ」

え?

怒られる?

意味深な彼のセリフに首をかしげると、またキラキラした笑顔を向けてくれた。

自然と私の口元も緩むと、唯十くんが背中に回していた右手をこちらに出した。

「これ、純恋ちゃんに渡したくて」

へっ……。

唯十くんが私に差し出したのは、エンプのCDアルバムで。

もちろん私も持っているもの、だけど……。

なんとそのCDにはエンプのメンバー全員のサインが書いてあるではありませんか!

しかも『純恋ちゃんへ』と私の名前入り。

驚きすぎて言葉が出ないまま、目線を上げて唯十くんを見る。

「実は、この間のライブ、始まる前にちょこっと純恋ちゃんの話をメンバーのみんなにしたんだ」

「えっ!?」

「あ、軽くだよ! 事細かには話してない! けど、失恋して落ち込んでる友達が見にきてるって」

と私の顔を窺うように唯十くんが言う。

唯十くんがそんな申し訳なさそうな目をする必要は全然

ないのに！

「や！　その、まさか私みたいなのの話をメンバーのみなさんにしてくれたなんてびっくりで……！」

　しかも唯十くん、今私のことサラッと友達って……。

　推しから友達認定されてしまう日が来るなんて。

　頭の中がパンクしそうだけど、そんな私におかまいなしに唯十くんは続ける。

「よかった。……それで、純恋ちゃんを元気にさせたいっていうのはもちろん、他にもいろんな大変なこと頑張ってたり耐えてる中来てくれてるファンのみんなにも届けたいねって、メンバーの意識高まってさ。あの日のライブは、純恋ちゃんのおかげで良くなったなあって。だからお礼」

「えぇ!?　お礼って、私は何も!!」

　そんなことでお礼を言われるなんて思ってもみなかったから驚きで軽くのけぞってしまう。

　しかも、私の話をきっかけにそんな話ができてひとつになれるエンプはやっぱり素敵なグループだと改めて実感して。

「ううん。純恋ちゃんはしてくれたよ。あのとき、泣いた原因を話してくれたこと、嬉しかった」

「唯十くん……」

「心配させないようにと思って、なんでもないって話さないこともできたはずだけど、純恋ちゃんは、きっと勇気出して俺たちに話してくれたんだろうなって思うから。話しにくいことだっただろうし。だからありがとう」

「……そん、な……」

　確かに、失恋したこと、それがここに来るきっかけになったこと、それを話したらみんなにどう思われるか心配な部分もあったけど。

　そんな風に言ってもらえるなんて思ってもみなくて、目の奥が熱くなってしまう。

　私こそ、ここに来るずっと前から、唯十くんからたくさんもらっているのに……。

　ありがとうはこっちのセリフだよ……。

「あと、これは俺から」

「へっ」

　唯十くんが今度は後ろに隠してた左手を出してきて。

　そこには、白いリボンが結ばれてかわいらしくラッピングされたパステルピンクの箱があった。

　一体これは……。

　本当に私に渡すものなのかと確認するように唯十くんの顔を見上げれば、「どうぞ」と返ってきて。

　やっぱり私になのかと、恐る恐る受けとる。

「開けてみて」

　と促されて、言われた通りリボンを解いて箱を開けると。

「わぁ!!」

　パステルカラーの色とりどりのマカロンが並んでいた。

「かわいい……!!」

　そしてものすごくお高そう。

「純恋ちゃん、マカロン食べられるかな？」

「っ、はい、一度しか食べたことないですけど、大好きです！」

　ママが友達からお土産でもらったものを食べたことがあるけれど、すごく美味しかったのを覚えている。

「そっか、よかった」

　と唯十くんが安心したように笑顔を見せた。

「でも、どうして私にこんな素敵なもの……」

「だって純恋ちゃん、俺の好物よく作ってくれるから。あれすごく嬉しいの。特別扱いされた気がして」

「なっ」

　自分でしたことだけど改めて面と向かって言われると恥ずかしくて。

　顔が熱い。

「……すみません、勝手に。怖いですよね。好きな食べ物把握してるとか」

「なんで？　俺がインタビューとか雑誌の特集とかで言ったこと覚えててくれてるってことでしょ？　嬉しいよ。すっごく。ありがとう。しかも疲れて帰ってきたときにいつも純恋ちゃんのご飯があるおかげで明日も頑張ろって思えるから」

「……っ」

　ほんと唯十くんって、人から好かれる天才だ。こんなにスラスラと私を喜ばすような言葉が出てきちゃうんだから。

「私こそ、エンプから、唯十くんから、本当にたくさんた

くさん元気をもらってるので！　あんな庶民的なご飯をそんな風に言ってもらえるなんて……ありがとうございます！　これ、大事に食べ――」

　グゥーー。

　っ!?

　唯十くんへ溢れる感謝の気持ちを伝えようと勢いよく顔を上げて話していたら、突然私のお腹が盛大に鳴ってしまった。

　う、嘘でしょ……。

　あんなに美味しいお肉をたらふく食べたあとだっていうのに!!

　マカロンがあんまり美味しそうだからって、推しとふたりきりの状況で、普通お腹鳴る!?

　恥ずかしくて思わず両手で顔を隠してうつむく。

「ほんとごめんなさい……マカロンが美味しそうで……そのっ」

「ふはっ、純恋ちゃんほんとかわいい」

　か、かわいいって!!

　今のをかわいいって言える唯十くん、寛大(かんだい)すぎない!?

　私を傷つけないためにそう言ってくれてるってわかってるけど！

　推しからかわいいなんて言われたら、たとえ嘘でも嬉しくなってしまう。

「今、ひとつ食べてみてよ」

「えっ、でも……」

「いいから」

「じゃ、じゃあ、い、いただきますっ」

　唯十くんの優しい声と、目の前の美味しそうなマカロンに負けて。

　私はひとつ手にとって、ピンク色のマカロンを一口食べた。

「んん!!」

　マカロンの柔らかいのにサクッとした新食感とサンドされたクリームのなめらかさ。

　前に食べたマカロンよりも甘さ控えめですごく品のある甘さに、一気に幸せな気持ちになる。

「唯十くん、これすっごく美味しいっ!!　ひとりで食べるなんてもったいなくてっ」

　ひとりで食べるのがもったいないくらい。

　唯十くんとも、他の三人ともシェアしたい衝動に駆られる。

「みんなには、内緒だよ?」

「……っ」

　私の考えてることがわかったのか、突然、唯十くんがベッドに座る私と目線の高さを合わせて。

　グッと距離を縮めてから、口元に人差し指を当てて「シー」のポーズをした。

「俺と純恋ちゃんだけの秘密だから。ね?」

「……は、はいっ」

　唯十くんの綺麗な顔が近すぎて反論できないままそう返

事すると、柔らかい笑顔が返ってきた。

「うん。よろしい」

「それじゃあ、唯十くんだけでもっ」

「え、俺？」

　やっぱり、美味しいものは好きな人たちに共有したいものだから。

「食べてくださいっ！」

　そう言って、パステルイエローのマカロンを差し出す。

　実は、イエローは唯十くんのメンバーカラーだったりするわけで。

「……純恋ちゃんがそこまで言うなら」

　フッと笑った唯十くんがそう言ってくれて、この美味しさを共有できる、と嬉しくなっていると。

　いきなり、マカロンを持っていた方の手首を掴まれて。

「えっ……」

　唯十くんは、私が手に持ったままのそれに口元を近づけて。

　直接パクッと一口食べた。

「んっ、美味しい」

　なんてこちらを見上げて、一瞬クリームを拭うようにぺろっと舌を出した唯十くんは、私の知ってる爽やかキラキラアイドルではなくて。

　色気のあるちょっとだけ、悪い顔。

　その表情に、ドクンと大きく心臓が鳴った。

　不意打ちすぎて、固まってしまう。

　顔も熱くてしょうがない。

「純恋ちゃんも、レモン食べて」

「……っ」

　レモンって……今、唯十くんが食べたイエローカラーの
マカロンで。確かにあと半分残っているけれど。

　これを食べちゃったら……。

　さっき、麻飛くんに言われたフレーズが頭に浮かぶ。

　唯十くんと『間接キス』とやらに……。

　いや、麻飛くんも気にしてなかったし、私が深く考えす
ぎなだけなのかもしれない。

　そう自分に言い聞かせて、半分残ったマカロンを口に運
ぶと。

　ふんわりレモンの爽やかな香りが鼻に抜けて。優しいク
リームの甘さが口いっぱいに広がる。

「んんー！　レモンも美味──」

「間接キスだね」

「っ!?」

　楽しそうにつぶやいた唯十くんのセリフに、マカロンが
喉に詰まりそうになった。

　な、なんてこと言い出すんだ!!

　せっかく考えないようにしていたのにっ!!

　おさまっていたはずなのに、また身体の体温が上昇して。

　自分でも顔中真っ赤なのがわかる。

「唯十くん、そういうことあんまり言わないで……」

「純恋ちゃんが、かわいい顔ばっかりしちゃうのが悪いよ」

　なっ。

　私の頭にポンっと手を置いた唯十くんが、

「あんまり煽んないでね」

　そう言って部屋を出ていった。

熱が出た

　打ち上げバーベキューの日から数日。

　相変わらず、みんなは仕事で忙しそうで。

　いつものように、今日も少しでもみんなのパワーになるようなご飯を作れるように頑張るぞ！　と、部屋に鳴り響くアラームを消したけれど。

　ズキンと頭に痛みが走って。

「……んん」

　ベッドから起き上がって頭を押さえる。

　なんか……身体も若干だるいし、寒気も少し。

　……いやいや！　病は気から！

　バーベキューが終わってから、宿題という存在を思い出して最近夜更かしが続いていたのがいけなかったかもしれない。

　このシェアハウスでの暮らしも残り二週間ちょっと。気を引き締めなくては。

　大丈夫。

　今日ちゃんと早く寝ればすぐに元通りになるだろう。

　うん、そう思ったらなんか頭痛も気のせいだった気もしなくはない！

　ベッドから降りて、軽く髪の毛を解かして結んで、洗面所へと急ぐ。

　顔を洗って歯を磨けば気分もスッキリするかもしれない。

　洗面所ですることを終えて、部屋に戻って着替えようと廊下を歩いてるときだった。

クラッと視界が歪む。

……うっ、まじか……。

大丈夫、大丈夫、自分に何度も言い聞かせながら部屋で服を着替える。

その間もやっぱり身体の関節が痛かったりして。

これは確実に……風邪ひいたかもしれない。

でも、風邪なんてひいたらみんなに迷惑をかけてしまう。

何のためにここに来たんだって話だ。

寝込んでみんなのご飯を作れなくなってしまったら、私がここにいる理由がなくなってしまう。

だから……。

ガチャ。

なんとか服を着替えて部屋を出てキッチンへ向かう。

ぐわんぐわんと揺れるような頭痛と節々の痛みに、グラッと身体が傾いた瞬間——。

「……っ、ぶなっ」

へっ……。

体が何かに包まれた。

これは……相良くんの匂い……。

「……っちょ、なにしてんの、丸山さん」

目を開けると、そこには相良くんの不機嫌そうな顔がこちらを真っ直ぐ見ていた。

「っ、あ、ごめんなさい、ちょっとフラ——」

話してる途中にいきなり、相良くんのひんやりとした手のひらがピタッと私のおでこに触れた。

「……相良くんの手、冷たい」

　意識が朦朧とする中、思ったことが口に出る。

「はぁ……俺が冷たいんじゃなくて、丸山さんが熱いんだよ。熱あるじゃん」

「……な、い」

「あるよ。なんでこんなになるまで……今日はもう寝てな」

『嫌だ』

　そんな気持ちは強いのに、身体が思い通りに動かなくて相良くんに支えてもらったまま。

　声も思うように出ない。

「部屋行くから」

　相良くんの落ち着く声が耳に届いて。

　私は彼に体を預けることしかできなかった。

「38.7、だいぶ高い」

　部屋のベッドに横になりながら、測り終わった体温計を相良くんに差し出すと、ため息混じりにそう言われた。

　迷惑かけちゃった……と落ち込んでいると、慌ただしい足音が遠くから聞こえて。

　それが次第に大きくなってきたと思ったら、バンッと勢いよく部屋の扉が開けられた。

「純恋ちゃん、大丈夫!?」

　この声は……宗介さんだ。

　ゆっくりと目線を動かすと、焦った顔の宗介さんが見えた。

　……相良くん、宗介さんに連絡したんだ。

　このまま家に帰らされちゃうのかな。

　みんなに何の恩返しもできないまま、逆に迷惑かけちゃって……最悪だ。

「純恋ちゃん大丈夫？　お父さんたちにも連絡した方がいいかな？　他のみんなも今日仕事だし……」

「……いや」

　そう先に声を出したのは相良くん。

「こういうの、念のために連絡した方がいいのかと思って宗介さんにしたけど、俺は家にいるし。丸山さんのことはちゃんと俺が見てるから大丈夫」

「雫久……」

　宗介さんが泣きそうな顔を見せたのが、目をうっすら開けた状態でもわかる。

　私も相良くんのセリフにびっくり。

　そんなことを言ってくれるなんて。

　熱のせいで意識がぼんやりしてる中で行われているやりとりに、夢だったりして、と思う。

「なんかあったらすぐ連絡するから。宗介さんも仕事でしょ。心配しなくても大丈夫だから」

　と頼もしい相良くんのセリフが耳に届いて、安心する。

「っ、ありがとう雫久！　助かるっ」

　と宗介さん。

「……純恋ちゃん、ごめんね。俺たちそばにいられなくて」

「雫久、純恋ちゃんのこと頼んだよ」

　相良くんと宗介さんの会話のあと、麻飛くんと唯十くん

の声がするけど、身体が重くてちゃんと反応できなくて。

「新しい環境にちょっと疲れが出ちゃったかな？　純恋ちゃん、なんか欲しいものあったら雫久になんでも言って。この子、暇だから」

　最後に曜さんの声が聞こえて、全員が私の部屋に来てくれているのがわかる。

　申し訳ない気持ちももちろんだけど、こうしてみんなが集まってくれることに温かい気持ちになって。

「曜くん。俺、家にはいるけど仕事してるから」

「あ、ごめん。そうだったそうだった。ほんとお大事にね、純恋ちゃん」

　曜さんの言葉にコクンとゆっくり頷くと、「そろそろ行こうか」と宗介さんが言って。

　賑やかだった部屋がシンと静かになった。

「気、張りすぎてたんだよ。もっと肩の力抜いてもいいんじゃないの」

　相良くんがポツリと優しくつぶやいた。

　てっきり、相良くんには、自己管理がなってないなんて怒られるかと思ったから、今かけてもらった言葉が意外すぎて、思わず目を開いたらバチッと視線が絡んだ。

「なにその顔」

「……いや、てっきり……相良くんには、怒られると……」

「はぁ……病人相手に説教するわけないでしょ。俺だってそんなに鬼じゃないから」

　相良くんはそう言って私に毛布をかけ直してくれる。

　その仕草に、トクンと胸が鳴って。

「今日はこの部屋で仕事してるから。何かあったら言って」

「え……でも……それだと相良くんにうつしちゃう」

「うつせるものならどうぞ。俺、あんまり風邪ひかないから大丈夫」

　唯十くんや麻飛くんみたいにすごく愛想がいいわけではないけれど。

　相良くんの優しさが心に沁みる。

「……ありがとうっ」

　パソコンに繋げたイヤホンを耳に付けようとした彼に小さくお礼を言って。

　私の意識はプツリと途切れた。

〈雫久 side〉

　まさか、"みーちゃん"が丸山さんだったなんて。

　寝てる彼女の額に濡れタオルを置いてその顔を見つめる。

　雰囲気が似てると思っていたけれど、こんな風に再会するとは。

　彼女が初めて一緒に花火をしたという相手"カイトくん"。

　それは俺のことだ。

　当時、幼稚園で『雫久』と言う名前が女みたいだとバカにされてから自分の名前が嫌いで。

　だから、あの日出会った"みーちゃん"にカッコ悪いと思われたくなくて、ハマっていた戦隊もののヒーローの名前を借りて自分の名前だと嘘をついた。

　いずれ会ってみたいと思っていたけれど、いざ目の前にするとどうしていいかわからない。

　正直、今までの俺の態度は丸山さんにいい印象を与えていないのは十分理解しているし。

　まぁ、この間、平然と俺のことも好きだとかサラッと言っていたけど。

　ああいう発言が、無自覚で危なっかしくて余計、ほっとけないと思わせる。

　あのときから変わってない。

　あんなことを言っていたけれど、彼女がエンプと唯十に

ゾッコンなのは、はたから見てて一目瞭然なわけで。

　いや……丸山さんが唯十を好きだからってなに？

　当時のことを、たとえ彼女が覚えていなかったとしても、彼女にかけてもらった言葉のおかげで俺が歌手を目指すきっかけになったことをちゃんと話して感謝を伝えればいいだけなのに。

　どうして俺は今、それをためらっているんだろうか。

　あの時間を、俺だけが鮮明にずっと覚えてて忘れられない大切な思い出だったのに、丸山さんに忘れられていたのがショックだったから？

　昔、俺を見てくれていた彼女が、今は別の人を見て目を輝かせているから？

　何……俺、もしかして。

　嫉妬してんの？

　自分の顔が熱を持っていくのがわかる。

　嘘だろ……。

　……今さら、自分の気持ちに気づくなんて。

　大切な思い出以上に、"みーちゃん"は俺の初恋で俺は今も……。

　目の前の彼女のことが好きなんだ。

　俺が五歳のときに母親が出ていってから、うちはずっと父子家庭で。

　母親が出ていったその年の夏に、父方の祖父母のいる田

舎に一週間だけお世話になったことがあって。

"みーちゃん"に出会ったのはその初日。

それからの一週間は俺にとってすごく濃厚（のうこう）な時間だった。

生まれてからずっと都会育ちだった俺にとって、田舎の自然はすごく珍しくて。

近くを探検したくてたまらなかった俺は、祖父母の家から徒歩五分のところにある海辺でひとり、大好きだった母親とよく一緒に歌っていた歌を口ずさんでいた。

すると、いきなり、見知らぬ女の子の顔がひょこっと視界いっぱいに映って。

『お歌上手だね！』

太陽みたいに明るい笑顔でそういわれたんだ。

ドキンと大きく心臓が鳴って。

今まで自分の歌を聴かせたのは母親ぐらいで、褒めてくれたのも母親だけ。

父親は仕事でほとんど家にいなかったし、俺に興味もなかったと思う。

母親が出ていってから、久しぶりに褒められる感覚を味わった俺は、胸のあたりがポカポカして。

その瞬間、彼女に心を許したんだと思う。

『名前、なんていうの？』

『……えっと、カ、カイト』

ぐいぐい距離を詰めてくる彼女に少し戸惑いながらも、初めて出会ったその子に『カッコ悪い』と思われたくなく

て嘘の名前をつぶやいて。

『カイトくん！　よろしくね！　カイトくんのおうち、近いの？』

『ううん。今おじいちゃん家に遊びにきてるだけ。おじいちゃんちはすぐそこだよ』

『そうなんだ！　私と一緒だー！　あ、カイトくんカニ見た？』

　母親がうちからいなくなって、まるで暗い部屋に閉じ込められた気分になっていた俺にとって、彼女は窓から差す一筋の光みたいだった。

『え……カニ？』

『うん。海の砂には小さいカニがいっぱいいるんだって！それ見にきたの！』

『あ、そうなんだ……』

　明るくて天真爛漫というか。

　チラッと見えた彼女の両膝に貼られた絆創膏を見て、痛そうなのにこの子ずっと笑ってるなって思った。

『カイトくんも一緒にカニ探さない？　五匹見つけると、いいことあるんだって！』

　そんな話初めて聞いたけど……。

　なんてツッコミたかったけど、彼女があんまり嬉しそうに言うもんだから言えなくて。

『ひとりだと暗くなっちゃいそうだから！　お空がオレンジ色になるまでに探さなきゃなの、お願い！』

　必死にいう彼女に『わかった』と小さく返事をすれば、

満足げに笑った彼女が俺の手を引いた。

　本当は、そのときすぐに彼女の名前を聞きたかったけど。

　彼女の勢いが凄すぎて全然対等に話せなかった。

　当の本人は、自己紹介よりも頭の中はカニでいっぱいだったんだろう。

　でも、それが不思議と嫌じゃなくて。

　どうして母さんは俺のことを置いていっちゃったんだろう、毎日それそばかり考えていたのが、その時間だけ、彼女と五匹のカニを探すことだけに必死で、初めて、母さんのことを考えなかった。

　あたりがオレンジ色に染まり出しそうな頃、

『あ、いたっ』

『え、どこ!?』

『ほら、そこ』

『わっ!!　ほんとだ!!』

　ようやく五匹目の小さなカニを見つけることができて。

『やった！　これでいいこと起こるよ！　あ、でも、カニ見つける前からいいこと起こってたね』

『え？』

『カイトくんとお友達になれた！』

『……っ』

　今思えば、この頃から、人たらしというか無自覚な子だった。

　彼女のセリフに、胸がドキドキと熱くなって、なんて答えていいのかわからなくなっていると、遠くから『みーちゃ

ん』と呼ぶ声がして、その声がだんだん大きくなっていっ
たかと思えば、俺たちふたりしかいなかった砂浜に、おば
あさんがやってきた。

『みーちゃん！　空がオレンジ色になる前に帰ってきなさ
いって言ったでしょ？』

"みーちゃん"

　俺が彼女の名前を知ったのはそのとき。

　名前、と言っていいのかわからないけれど。

『おばあちゃん！　ごめんなさいっ！　でも今、帰るとこ
ろだったんだよ！　見つけたの！　カニ五匹！』

『カニ？』

『おじいちゃんが、五匹見つけたらいいことあるって』

『……え？　まったあの人はデタラメを……。とりあえず
早く帰るよ。あれ、そっちの子は？　見ない顔だね』

『カイトくんだよ！　カイトくんもおじいちゃんちに遊び
に来てるんだって！』

『あらそう。ありがとうね、みーちゃんと遊んでくれて。
あそうだ、スイカあるからカイトくんのところにもお裾分
けしましょうか』

　そうして、俺とみーちゃんはお互いの祖父母の家が隣同
士だったこともあり、一週間、毎日一緒に遊ぶようになっ
ていた。

　みーちゃんは、明るくて元気な分、ものすごく好奇心旺
盛なところがあって。

　一緒にいるとヒヤヒヤすることも多かった。

『みーちゃん、危ないよっ』

『大丈夫だって。カイトくんも登ろう！』

　そう言ってうんと高い木に登ったり。

　砂浜を猛ダッシュして盛大に転んだかと思えば、手に取った貝殻を俺に差し出して、

『綺麗な貝殻発見！　カイトくんにあげる！』

　と全身砂まみれのまま満面の笑みを向けてくれたり。

　パワーの塊みたいなみーちゃんは、当時の俺にとって初めて出会ったタイプの、刺激的な子だった。

　そして、田舎での時間も残りわずかになったとき、ふたりで歌を歌いながら浜辺を歩いていると、キラキラ目を輝かせた彼女が口を開いて。

『カイトくんって歌すっごく上手だね！』

『別に普通だよ……』

『ううん。普通じゃないよ！　大人になったらぜったい歌うお仕事した方がいい！　それで、カイトくんのファン第一号は私っ！』

『ファンって……』

　そう言って笑ったけれど。

　内心すごく嬉しくて。

　それから、俺は本気で歌手を目指すようになったんだ。

　あれから十年以上が経って。

　こんな形で再会するなんて。

　だいたい、純恋という名前であだ名がみーちゃんなのも

珍しいと思うし……。

　普通、すーちゃんとかすみちゃんとか……。

　だから、ここで名前を聞いた瞬間は気づけなかった。

　でも、俺の中にはずっと彼女がいて。

　でも、その彼女にとって、きっと俺との思い出なんて大したものじゃなくて。

　だから、鮮明には覚えていないんだろうし、幼なじみに恋をしたんだろう。

　いや、俺に会う前から幼なじみ一筋だったのかもしれない。

　なのに俺は……。

　目の前で寝息を立てている彼女をじっと見つめて。

「本当に覚えてないの……一緒に歌ったこと」

　小さくそうつぶやいて、布団から出ていた彼女の手を優しく握った。

〈純恋side〉

『みーちゃん！ そんなに走ったら——』

「んっ……」

　カイトくん……。

　懐かしい声に懐かしいあだ名で呼ばれた夢を見て、目を覚ます。

　左手に温かい感触がして、横になったまま視線を動かすと。

　……え。

　そこには私の手を握ったままベッドに上半身だけ預けて寝ている相良くんの姿が見えた。

　えっと……これは、夢？

　あの相良くんがどうして私の手を握っているのか。

　寝ぼけて……だよね？

　額に冷たい感触がして手を置けば濡れタオルがあって。

　ベッド横のサイドテーブルには、洗面器とストローの刺さったスポーツドリンクが見えた。

　相良くん……仕事もあるはずなのに、付きっきりで私のこと見てくれていたんだ。

　相良くんの看病のおかげか頭の痛さや身体のだるさはだいぶなくなっている気がする。

　ありがたすぎる……。

　こんなに迷惑かけちゃって……。

　それにしても……綺麗な寝顔だな。

　ちょっと幼くも見えて。

　なんてじっと見つめていたら、

「……んっ」

　と寝ていた相良くんが声を漏らして同時に彼のまぶたが
わずかに動いた。

　どうしよう！　起きちゃう！

　私が焦ったって意味がないのだけれど。

　問題はこの握られた手。

　たとえ寝ぼけてしたとしても、私みたいなのの手を握っ
ていたなんて嫌だろうし。

「……みーちゃ」

「へ？」

　まだ少し眠そうに上半身を起こした相良くんが、ぼそっ
と何かをつぶやいた。

　今、みーなんとかって……。

　なんて言ったんだろうと思っていると、ようやく自分の
状況を理解したらしい相良くんがバッと目を開いて。

　ちょっと焦ったように口を開いた。

「あ、ごめん、寝てた……」

「ううん。ありがとう。ずっと付き添ってくれてて」

「……どう、調子」

「うん。だいぶよくなってる。相良くんのおかげ」

　そう言って笑いかけると、スッと目をそらされた。

「別に大したことしてないし」

「すごく助かったよ。熱も下がったと思う」

「そう」

　少しぶっきらぼうに聞こえるけれど。

　その中に優しさが含まれていることを私は知っている。

　まずは、この手をどうにかしなきゃ。

　相良くん、自分が私の手を握っていること、気づいていないみたい。

「それと……相良くん」

「ん？」

「その……手が……」

「え？　……あっ、ごめんっ!!　これはっ」

　と慌てて手を離した相良くんが珍しくあからさまに動揺していて。

　その顔がだんだん赤くなっているような気がする。

　なぜかこちらまで恥ずかしい気持ちになってしまって。

　思わず起き上がって口を開く。

「だ、大丈夫！　私も寝ぼけてよく自分の指をやきとりかと思って食べたことあるし！」

　我ながらなんちゅうフォローの仕方だと呆れてしまうけど、

「ほんとごめん」

　私の手を握ったことが相当ショックだったのか何度も謝られる。

「そんな謝ることじゃないから！　看病してくれて、本当にありがとうっ」

「……ん」

　ちょっぴり気まずい空気が漂(ただよ)ってしまったのをなんとかしたくて、何か他に話題をと考えながら目をキョロキョロさせていると、相良くんの座っている横に、鍋が置かれていた。

「相良くん、これって……」

　と指さす。

「あぁ、料理のうまい丸山さんにこんなの食べさせるのもどうかと思ったんだけど」

「え、もしかして相良くんが作ってくれたの?」

「うん」

「食べる!　食べたい!」

　思わず前のめりでそう言ってしまう。

　だってあの相良くんが私にご飯を作ってくれるなんて。

　感動してしまうに決まっている。

「そんなに騒ぐとまた熱上がるよ。ちょっと温め直してくるから」

　そう言って、立ち上がって鍋を持って部屋を出た相良くんが、数分後戻ってきて。

　取り皿に鍋のうどんをよそって私にくれた。

「ネットでレシピ見て作ったから上手くできてるかわかんないけど」

「え、初めて作ってこんなに綺麗なの?　すごい……」

　卵でとじたあったかうどんにピンクの可愛らしいかまぼことパラパラっとかかったネギ。

　朝から何も食べていなかった私のお腹が鳴ってしまいそ

う。

「熱いから気をつけて」

「うんっ。いただきます！」

　フーフーと息で冷ましてつるんと一口いただくと。

　生姜のいい香りが鼻に抜けて。

　そのあと、優しいお出汁の風味が口いっぱいに広がった。

　温かさとうまみが全身に染み渡る。

「すっごく美味しい!!　天才だよ相良くん!!」

「そう。よかった。大げさすぎるけど」

「初めてでこんなに美味しく作れるなんてすごいよ！　私なんて初めて料理した頃失敗の連続だったよ」

　上手に卵の殻が割れなかったり、ハンバーグ丸こげにしたり。

　始めたばっかの頃は悲惨（ひさん）だった。

「でも、その経験のおかげで今あんな美味しいもの作れてるからいいじゃん」

「え……そんな……あ、ありがとう」

　そんな真っ直ぐ褒められるとは思っていなくて思わず彼から目をそらしてうどんに焦点（しょうてん）を合わせた。

「それ食べたらまた寝な」

　相良くんはそう言ってふたたび立ち上がると、私の頭に手を置いて。

「ちょっと仕事の電話してくる」

　と言って部屋をあとにした。

　なんだろうこの感覚……。

　唯十くんに触れられたときとは違う。

　ドキドキするだけじゃなくて内側から温かくなるような。

　やっぱり熱が上がってきたのかな、なんて。

　私は相良くんの手作りうどんを食べてから、言われた通りまた眠りについた。

ふたりで歌って

「♪～♪～♪」

　この歌声……。

　次に目を覚ますと、どこからか心地いい歌声が耳に届き。

　聴きながら、音の正体が隣の部屋からだったということを理解する。

　その声に意識を集中させる。

　……相良くんの歌声だ。

　それから……アコースティックギターの包み込むような柔らかい音。

　映画の主題歌で彼の歌声を聴いたときは、バンドのベースやドラムの音もあって全体的に盛り上がる曲を歌うグループって印象が強かったけど。

　相良くんひとりで歌うとこんなに違うんだな……。

　なぜだかものすごく安心できる。

　懐かしいような。

　子守唄みたい……。

　小さい頃、おばあちゃんちに泊まったことをなんとなく思い出して。

　だんだんとまぶたが重くなって、また目を閉じた。

　次に目を開けたときは、カーテンの隙間から見える窓の外が暗くなっていて。

　壁の向こう側からはまだギターの音が聞こえていた。

　時々止まって、また同じメロディーを口ずさんで。

　ずっと聴いていたいって思う。

　横になった状態でも、体調がだいぶよくなっているのがわかる。

　頭がスッキリしていて、体が軽くて。

　これも、相良くんの看病と手作りのうどん、それから……心地いい歌声のおかげ。

　ベッドから起き上がって、私の足は自然とドアに向かって部屋を出る。

　そして、相良くんの部屋の前へ。

　コンコン。

　ドキドキしながら彼の部屋をノックすると、ピタッとギターの音が止まって。

　ガチャッとドアが開いた。

「……え、丸山さん。あ、もしかして起こしちゃった？ ごめんっ」

「あ、ううん……その……」

　自分でも、わざわざ相良くんの部屋に来た自分の行動に驚いている。

　でも、どうしてもいてもたってもいられなかったから。

「丸山さん？」

「えっと……もっと、近くで聴きたくて。相良くんの歌」

「え……」

「あ、ごめんなさい！ 仕事の邪魔だよね。でも、ドアの前でもいいから、もうちょっと聴いてたくて……」

　勝手に動く自分の口に、何言っているんだとじわじわと恥ずかしくなってうつむく。

こんなの迷惑に決まっているのに。

相手はプロの歌手。

タダで聴こうだなんて。

さすがに失礼すぎる。

病み上がりでまだ頭がボケっとしてたのかも。

口にして初めて自分の気持ちを理解しながら、さっきの言葉を撤回しようと思っていると、突然フッと私のおでこに温かいものが触れた。

なんだろうと顔をあげると、その正体は相良くんの手のひらで。

そのまま視線がバチッと絡んだ。

その瞬間、なぜかものすごく恥ずかしくて思わず目をそらす。

なに……これ……。

「……っ」

「ん。熱も下がってるみたいだし。いいよ」

そう言った相良くんが、さらにドアを開けた。

これって……。

部屋の中に入ってもいいってことなのかな……。

遠慮がちに足を踏み入れると、ドアを閉めた相良くんが、すぐに部屋の中央にあるローテーブルの横に座ってギターを持った。

「家では極力歌わないようにしてるんだけど。メロディーとかフレーズ降ってきたらどうしてもすぐ撮っておきたくて。結局そのままスイッチ入って今みたいな感じになるん

だ。うるさかったよね。ごめん」

「ううんっ、謝らないで！　全然！　子守唄みたいで、相良くんの歌声のおかげでよく寝られたの。だから、ありがとう……」

「子守唄って……座ったら？」

「あ、うんっ」

　促されて、ローテーブルを挟んだ向かいに腰を下ろす。

「相良くんはいつからギター弾いてるの？」

「小四」

「うわ……すごい……」

「話し相手がギターしかいなかっただけだよ」

「え……」

　小さくつぶやいた私の声は、相良くんが弾いたギターの音にかき消された。

　どういうことだろう……話し相手がギターだけって……。

　相良くんのセリフの意味を考えていると、聞き覚えのある優しいメロディーが耳に届いた。

　え。

　これって……。

　相良くんが声を乗せた瞬間、確信へと変わる。

　私がこの間、友達と見た映画の主題歌だ。

　ど、どうしよう!!

　本人が目の前で歌ってくれているなんて！

　初めてちゃんと、相良くんが弾いて歌っている姿を見た。

　ここに来て、エンプのことや唯十くんのことでずっと頭

いっぱいだったけど。

　ガシッと心臓を掴まれたような感覚になって、相良くんから目をそらせなくなる。

　相良くんも、エンプと同じぐらい、今大注目のアーティストさんで。

　映画で流れていたポップな感じとは違って、曲自体が繊細になっていて。

　それを歌っているときの相良くんの表情が、またすごく柔らかくて。

　こんな素敵な顔で歌うんだな……。

　聴いていると、自然と鼻の奥がツンとして泣きそうになってしまう。

　今泣いたらダメだ。最後まで聴かなくちゃ。

　顔に力を入れて涙を堪えながら、彼の歌声に集中した。

　全てを聴き終えると、とうとう我慢できなくなった涙が一気に溢れて。

「うっ……」

　パチパチと拍手しながら、頬に涙が伝う。

「え……丸山さん、なんで泣いてるの……」

「か、感動してっ、うっ、ありがとう……相良くんっ」

　知っている曲なのに全然知らない曲みたいで。

　この曲が、こんなに寄り添った優しい歌になるなんて。

　でもどこか儚げで、だからこそ抱きしめるように大切にしたくて。

「大げさだな……」

「大げさじゃないよ！　相良くん、歌手になってくれて本当にありがとうっ!!　歌を作ってくれてありがとう!!」

　特に優れた特別な才能もなくて、語彙力（ごいりょく）のない私には、この気持ちを最大限伝えることができないことがすごくもどかしいけれど。

　ただただ、相良くんが今、音楽を続けてくれてこうしてたくさんの人に歌を届けてくれていることが嬉しくてありがたくて。

「……ずるいね。丸山さん」

「え？」

「俺のこと、覚えてないのにそういうこと言うって」

「へ……」

　なにそれ……。

　私が相良くんのことを覚えてない？

　一体どういうことだろうか。

　相良くんと会ったのはこのシェアハウスに来たときが初めてで……。

「相良くん、それって……」

「丸山さんもちょっと弾いてみる？」

「え!?」

　いきなり話をそらされたかと思ったら、私の太ももにアコースティックギターが置かれた。

「ちょ、ダメだよ！　こんないいギター、私みたいのが触ったら！」

　いかにもお高そうなピカピカのギターに、持つ手が震え

てしまう。

「いいから」

　なにやらわずかに声を弾ませた相良くんがそう言って、彼によるギター講座がはじまった。

「指は寝かせるんじゃなくて、こう立てるようにして押さえる」

「……っ」

　教えてもらった弦の場所を押さえていた私の指に、相良くんの長い指が触れて。

　そこから熱が伝わったみたいに心臓が速く音をたてる。

　私……どうしたんだろう。

　前はそんなことなかったのに、最近相良くんといると心臓がバクバクするというか。

　緊張、してるのかな。

　こんなんじゃどんなに教えてもらってもコードのひとつも覚えられる気がしない、なんて思っていたけれど。

　うまく弦を押さえられて一音綺麗に弾けるようになると、それがすごく嬉しくて。

　数十分の相良くんのわかりやすいレクチャーによって、とてもゆっくりではあるけれど、短くて簡単な童謡を弾くことができた。

　それから、相良くんがどんな風に曲作りをしているのか聞いて、実際に見てみたりして。

　あっという間に一時間が過ぎていた。

「最初に弾いたのとあとに弾いたの、丸山さんはどっちが

好きだった？」

「えっ……どっちもすっごくよかったけど……あとの方が好きかな……」

　そう言えば、彼が少し無邪気な顔で笑った。

「よし、じゃあこっちにする」

「え、私の好みで決めちゃっていいの？」

「うん」

　いやうんって！

　確かにどのメロディーも素敵だったけど！

　満足げな相良くんが、ふたたびギターを弾いて今度は音に歌詞を乗せて歌い出した。

　その瞬間、部屋の空気が一気に変わり始めて。

　胸の高鳴りが加速する。

「ほら、丸山さんも一緒に」

「えっ!?」

　い、い、一緒にって！

　そんな急に歌うなんてできないよ！

　私は相良くんみたいなプロじゃないのに！

　できたてほやほやの曲だし……!!

　戸惑っている私をよそに、相良くんがスッと歌詞の書かれた用紙を私の方に近づけてきてくれて。

　なんとか必死に体でもリズムをとりながら、サビを小さく口ずさむ。

　すると、不思議とメロディーも歌詞も想像よりもスッと内側に入ってきて。

　歌詞を見ながらだけれど、ラストのサビは完璧に歌えて
いた。

　実際に歌ってみると、歌詞がさらに響いて。いい曲だと
実感する。

「いいね。よし、もっかい」

　なんて、相良くんが見たことないぐらい嬉しそうな顔を
して言うから。

　歌わないなんて選択肢、私にはもうなくて。

「うんっ」

　次こそ全部完璧に。

　ワクワクした気持ちと共に、もう一度、私は相良くんと
歌い始めた。

　今度は、さっき見られなかった相良くんの顔を時々見な
がら。

　目が合うと、彼がこちらに微笑むように歌うたびに胸が
キュンとして。

　この感じ……。

　……すっごく、すっごく懐かしい。

　昔も……誰かと歌った記憶がある。

　海で──。

「ただいま」

「ただいまー！　純恋ちゃん大丈夫!?」

　っ!?

　懐かしい記憶をまた思い出しそうなタイミングで、玄関
からふたり分のなじみの声が聞こえた。

エンプのふたりが帰ってきたみたいだ。

バタバタと慌てた様子の足音がドアの外から聞こえて、その音がだんだん大きくなると、隣の私の部屋のドアを勢いよく開ける音がして。

「純恋ちゃん!!　生きてる!?　……あれ!?　純恋ちゃん!?　いない!!　どこ!!　唯十!!　純恋ちゃんがいない!!　そっちに純恋ちゃんいない!?」

わっ……どうしよう。

麻飛くんがすごい心配してくれているよ……。

元気になったからって相良くんの部屋でこうして過ごしているのが申し訳ない。

「……病人の部屋で出す声のボリュームじゃ絶対ないだろ」

と相良くんは呆れたように部屋の外にいる麻飛くんにボソッとツッコむ。

麻飛くんを安心させるためにも、早く顔を見せなきゃと立ち上がろうとした瞬間だった。

ガシッ。

へっ……。

突然、右手を何かに掴まれた。

掴まれた方の手に顔を向ければ、大きな手が私の手首を包み込んでいて。

この手は相良くん以外ありえないのだけど、でもなんで……。

「……相良くん？」

「行くの？　あいつらのとこ」

「え……」

　なんでそんな切なそうな顔をして、そんなことを聞くんだろう。

　胸がギュッとする。

　綺麗なアーモンドアイの視線が絡んで。

　一瞬、呼吸が止まったとき。

　バンッ。

　相良くんの部屋のドアが勢いよく開けられて、パッと手が離された。

「雫久、大変!!　純恋ちゃんがいなっ……!!　え!?」

　扉の前に立っている麻飛くんが、目を大きく見開いてこちらをジッと見る。

「純恋ちゃん、熱は？　え、雫久もしかして、弱ってる純恋ちゃんになんか変なことしようとしてたんじゃ！　まさか雫久に限ってそんなっ！　悲しいぞ、俺は！」

「違うわ」

　相良くんのため息混じりの瞬時のツッコミのあと、私も誤解を解こうと口を開く。

「おかえりなさい、麻飛くん。えっと、熱はもう下がってて、体も良くなってて。それで今、相良くんの曲について色々話してたところで……」

「えぇ、本当に？　無理やり言わされてない？　だって雫久ってムッツリなところあるし、スイッチ入ったら絶対抑え利かないタイプだからすごい心配で……」

　と麻飛くんの暴走は止まらない。

　言いたい放題だな……ムッツリとか……。

「いやいや、相良くんは大丈夫ですよ！　私のことは特に そういう目で見てないですから！　そ、そうだよね！」

　言いながら心の底でどこか傷ついている自分がいて、変 な感じ。

　でも、相良くんが私に興味ないことは当然のことだし。

　相良くんだけじゃない、ここの住人は一流芸能人。関わ る女の子たちだって桁違いの美女ばかりだもん。

　わかってるから。

　悲しい気持ちを押し殺すように引きつり笑いで相良くん の方を見れば。

「…………」

　ノーコメントで目をそらされた。

　え……。

　そこはしっかり否定してもらわなくちゃ！

「へ……雫久……」

「麻飛、ダメでしょ？　純恋ちゃんまだ病み上がりなんだ から、騒いじゃ」

　麻飛くんが何か言いかけたとき、彼の後ろからフッと現 れた王子様が麻飛くんの肩を組んでそう言った。

「唯十くん！　おかえりなさい。お疲れさまです」

「ただいま。純恋ちゃん熱下がってほんとよかったね。雫久、 ありがと。純恋ちゃんのこと」

　と彼の目が相良くんの方を見ると。

「……唯十にお礼言われる意味がよくわからないんだけど」

なんとも不機嫌なセリフを返した。

唯十くん、相良くんを怒らせるようなこと何も言ってないと思うんだけどな……。

さっきまで楽しそうだったのに……。

ちょっとピリついてしまった空気を、唯十くんの「フッ」と漏れ出た笑い声が変える。

「……ほんと、雫久はかわいいね?」

「うるさい……」

唯十くんにからかわれたように言われたのが嫌だったのか、相良くんの眉間の皺がさらに深くなって。

でも、私も、相良くんのその表情がなんだか可愛らしく見えて自然と頬が緩む。

「よし、じゃあ曜くん帰って来たら出前取ろうか。純恋ちゃんは、また明日からよろしくね?　無理は禁物」

唯十くんが爽やかな笑顔でそう言って部屋をあとにした。

はぁ。

今日はほんとみんなにたくさん迷惑かけちゃったな……。

明日からはまたちゃんと料理頑張らなくちゃ。

各々食べたいメニューをデリバリーで注文して食事を楽しんで数時間。

寝る前の歯磨きを終え。

洗面所で軽く自分の頬を叩いて喝を入れて部屋に戻ろう

とした瞬間。

「すーみれちゃん」

っ!?

弾んだ声が私の名前を呼んだのが聞こえたので、顔を洗面所の扉へと向ける。

「唯十くん！」

「フフッ。熱、下がってよかったね」

「はい。色々とご迷惑おかけしすみませんでした。明日からはまたちゃんと」

「俺は何も迷惑かけられたなんて思ってないから。謝らないで？　それより……」

「ん？」

「今日、雫久と雫久の部屋でふたりきりだったんだよね？何か変なことされなかった？」

「え……」

変なことって……。麻飛くんも唯十くんも、なんでそんなこと聞くんだろうか。

相良くんって絶対そんなすぐ手を出すようなタイプには見えないのに。

そんな風に思いながらも、今日、寝てるときに相良くんに手を握られたことや、とっさに手首を掴まれたのを思い出して顔が熱くなる。

「あーほら、雫久、時々なに考えているかわかんないときあるし、だからちょっと、ね」

唯十くんの声色は優しいけれど、なんだか言い方が少し

引っかかってしまった。

「……唯十くんは、相良くんのことを信用してないんですか？」

　言い終えて、少しトゲのある言い方をしてしまったかもしれないと後悔していると、

「えっ……？」

　案の定、唯十くんの眉がピクっと反応した。

「いや、その、もし相良くんが私にそういうことしたら、問題になると思うし。相良くんはみなさんに迷惑かけるようなことする人じゃないから。だから……」

「ふっ、そうだね。ごめんごめんちょっとヤキモチ」

「え……」

　ヤキモチって、誰が誰に……。

「雫久、純恋ちゃんのことはすごく気にかけてるからさ。珍しすぎて。普段は女の子にあんまり興味なくて心配になるぐらいだったから」

　そ、そうなんだ……。

　でも、私のことを女の子として見ているというよりも、危なっかしい子供を見てヒヤヒヤしてる親心に近いものなんじゃ。

　私自身、相良くんをみんなのお母さんみたいだと思ったこともあるし。

　……最近は思わないけど。

「雫久が純恋ちゃんを気にかけることで、俺よりも雫久のところに行っちゃったら寂しいなって。純恋ちゃん、俺の

ファンだって言ってくれてたから余計」

「唯十くん……」

　眉尻を下げて本当に寂しそうに言うもんだから、胸が苦しくなる。

　推しにこんな顔させてしまうなんて……罪すぎないか。

「純恋ちゃんには、ずっと俺の応援してて欲しくて。見てて欲しい。……変だね、こんなこと自分からお願いするなんて」

「そんな、全然変じゃないですし！　もちろん、私はずっと唯十くんのファンですよ！」

　唯十くんから今までたくさんたくさん、元気をもらっていたんだ。

　翔に振られたときだって、唯十くんたちの歌がなかったら、私は今もこんなに立ち直れてなかったと思うから。

　辛いときも、楽しいときも、エンプは私の糧だったもん。

「大好きですよ、唯十くんっ！」

　憧れのアイドルに直接愛を伝えられる日が来るなんて思ってもみなかったけれど。

　あまりにまっすぐ伝えすぎてじわじわと恥ずかしくなっていると、フッと甘い香りに全身が包まれた。

　こ、これは……。

「……ありがとう。俺も」

　っ!?

　耳元で優しく囁かれて。

　唯十くんはそのまま脱衣所を出ていった。

　……唯十くんに、抱きしめられてしまった……。

　いくら勢いとは言え『大好き』なんて盛大な告白をして
しまって。

　しかも……。

『俺も』

　って。

　え、夢じゃないよね!?

　確実にそう言っていたよね!?

　どうしよう。あれから部屋に戻って数分が経つけれど、
顔の火照りが全然おさまってくれない。

　まさか抱きしめられるなんて思うわけないじゃん!!

　たしかに唯十くんは、昔からファンの間でも、いい意味
で、あざといとか媚びるのがうまいとか人たらしとか散々
言われていたけれど!

　いや……そうだ。あれは営業。

　唯十くんなりの、ファンの引き止め方なのかもしれない。

　離れるなんて一言も言っていないのだけど!

　でも……なんだろう、この違和感。

　唯十くんに抱きしめられたとき、確かにとても驚いたし
ドキドキしたけれど……。

　相良くんからギターの弾き方を教わって、指が触れたと
きよりも、どこか落ち着いていて。

　ベッドで横になりながら、かすかに服に残った唯十くん
の匂いが香って。

　なぜか、相良くんの歌声を思い出してもう一度聴きたく

てたまらなくなってしまった。

　自然とスマホに手が伸びて。動画配信アプリを開いて『相良雫久』の名前を打って検索する。

　一番上に〈それ宙〉の公式チャンネルが出てきてそのアイコンをタップすれば、

「うわっ……」

　すごい再生回数のミュージックビデオがズラッと出てきて思わず声が出た。

　こんなに人気なんだ……。

　チャンネルを登録してる数も凄まじい。

　最新で上がっている六分のライブ映像をタップして見てみると。

「……っ」

　すっ、すごい……。

　ライブの音って、こんなに臨場感（りんじょうかん）あるんだ……。

　たちまち胸がドキドキして。

　大きな会場とそこを埋め尽くすたくさんのファンを見て、こんなに人気なんだと改めて実感して。

　〈それ宙〉の曲に、相良くんの歌っている姿に、夢中で。

　〈それ宙〉のいろんなミュージックビデオを一気に漁（あさ）った。

　どれも本当に素敵で心に響いて。

　思わず涙を流してしまう曲が何曲もあった。

　ライブ映像の中にも、涙しているファンの姿が何度か映っていて。

　私も今まさにそんな気分だ。

　概要欄にある作詞作曲のところにはすべて相良雫久の名前。

　相良くん、本当に本当にすごすぎる……。

　それから、何曲か聴いていく中で『さがしもの』というタイトルの曲を見つけた。

　その曲は、相良くんと女優さんが背中合わせになっているサムネイルで。

　ミュージックビデオにはあまり本人たちが出演しないらしいから、この映像は貴重なんだとか。

　ファンのコメントを読みながら、情報を吸収していく。

　再生すると、他の曲同様、出だしから一気に掴まれて。

　でも……。

　お芝居であることはわかっているけれど、相良くんと女優さんが笑い合っているシーンを見て、なんだかモヤっとしてしまった。

　胸がギュッと苦しくなって。

　私がこのシェアハウスで多くの時間を過ごしたのはなんだかんだ相良くんだけど、そんな彼が急に遠い存在になった気がした。

　こんな煌びやかな世界にいる人とたくさんの時間を過ごしたり、看病をしてもらったのがそもそもおかしな話なのに。

　……無邪気な笑顔を、私以外に見せないで欲しい、なんて。

☆
☆
☆
☆

今のは事故です

　まずい……非常にまずい。

　熱を出した日から数日。

　体はとっくに元気なのだけど。

　私はもうひとつの大きな問題に頭を抱えていた。

　熱が下がってから、いつも通りみんなの食事作りにさらに精を出していたけれど……。

　それを言い訳に見て見ぬふりをしていたのも、認める。

　目の前に広がるプリントやワークの山を見て「はあーー」と大きなため息が出た。

　その名も……夏休みの宿題‼

　ずっと夢見心地だった一ヵ月弱。

　そんなシェアハウス生活も、残り二週間を切ってしまっているのだ。

　それなのに、まだどの教科も終わっていない。

　いや、カレンダーを見るたびにチラッと脳裏によぎったりよぎらなかったりしたけれど……。

　特に苦手な数学や英語にはまだ手をつけていない。

　あーー……どうしよう。

　今までの夏休みの宿題はずっと、翔と一緒にやっていた。

　正確には、私よりも数学や英語の得意だった翔にギリギリになって泣きついて付き合ってもらっていたというのが、毎年恒例のことで。

　だから、どう手をつけていいかわからない……。

　って、ひとりでやる以外の選択肢はないわけで。

　いや、待てよ？

　あることを閃いた私は、一目散に部屋を出てリビングへと向かった。

　ちょっと前に曜さんがめちゃくちゃ頭のキレる探偵の役をやっていたことを思い出した。

　あんなに知的な役ができる人だからきっと、勉強も教えてくれるんじゃ!!　なんて。

　けど……。

　リビングのソファに横になりながらテレビを見てる曜さんの後ろ姿を見て足を止める。

　いや、普段忙しくしてる大スターにこんなお願い図々しすぎるに決まってるよね。

　今日は曜さんの久しぶりの丸一日の休み。

　そんな大切な時間を私の宿題に付き合わそうとするなんて!

　非常識すぎるぞ私!!

　いくら今自分が切羽詰まっているからって!!

　自分の力でやらなきゃ!!

　甘えるな、丸山純恋!!

　自分にそう言い聞かせて、部屋に戻ろうとしたときだった。

「あれ、どうしたの純恋ちゃん」

「あっ……」

　キッチンに用があったのか、曜さんがソファから起き上がってこちらを向いた瞬間に目が合ってしまった。

「いや、なんでもないですっ!」

「そんな色々抱えて突っ立ったままなんでもないって」

　私が手に持ってるノートや教科書、筆記用具を見て曜さんが笑う。

「もしかして夏休みの宿題？」

「は、はい、そうなんですけど……えっと、その……」

「あ、もしかして俺に教えてもらおうって思ってる？」

「や、その、なんていうか！　図々しいのは百も承知なんですがっ！　えっと……」

　図星をつかれてしまって答えに困っていると、曜さんが先に「ごめんね?」と話し出した。

「俺、学生の頃まともに勉強してないからさ？　そういうの全然教えられなくって」

「え、そうなんですか!?　でも、曜さんこの間……」

　意外なセリフに思わず前のめりになってしまう。

「探偵ものでしょ？　あれすっごく苦労したんだから。もう二度とやりたくない役のひとつ」

「えっ……そうなんですか!?」

　曜さんのあの役は放送中すごく好評で、それをきっかけに好きになった人も多いはずだから、その本人がそんなこと思ってるって知ったら、ファンは絶対ショック受けちゃうよ……。

「セリフ量えぐいし早口だし……そりゃ、その分思い入れもあるけどさあ。もう一回やりたいか聞かれたらノーだね」

「それぐらい大変だったんですね……その、全然そんな風には見えなかったので！　やっぱり役者さんってすごいで

すね……」

「いやいや、純恋ちゃんのお役に立てなくてごめんね？」

「そんな、全然っ!!　すみませんっ、お休み中なのにっ」

　忙しい中休んでいる曜さんに勉強を教えてもらおうなんて厚かましい考えがよぎった私が悪いのに。

　と思っていたら、目の前に影ができて。

「……まぁ、保健体育ぐらいなら教えられるかもだけど？」

「えっ……!?」

　突然、耳元で甘く囁くように言われて、背筋がゾクっとした。

　慌てて吐息（といき）が触れた耳を手で押さえる。

　な、なに今の……!!

「ふはっ。冗談だよ。未成年には手を出しません！　純恋ちゃんが二十歳になったらわかんないけど」

　曜さんはそう言って私の頭を軽くわしゃわしゃっと撫でてキッチンに向かって冷蔵庫を開けた。

「あ、雫久なら教えてくれるんじゃないかな？」

　ミネラルウォーターを飲んだ曜さんがこっちを見てそう言う。

「え、相良くんですか？」

「うん。雫久、結構成績いいみたいだし。前に麻飛がわからない問題があるって雫久に泣きついてたときもしっかり答えられていたし。麻飛の方が年上なのにおかしいよね？」

「えぇ……すごい……」

　音楽の才能もあんなにあるのに勉強もできちゃうん

て。しかも顔面はあんなに綺麗ときたもんだ。

　天は相良くんに二物以上を与えすぎだよ……。

「雫久と予定合う日にでも勉強会したら？　向こうも宿題終わっていないだろうし」

「い、いいんでしょうか」

「なんで。純恋ちゃんにお願いされたら大喜びでしょう」

　ええ……そ、そうかな。

　今度こそ、呆れられそうだけれど……。

「それじゃ、一応、聞いてみますっ」

　曜さんにそう返事して、私は相良くんに相談することにした。

　そして翌日。

　なんと、午前中に仕事を終わらせた相良くんが、お昼過ぎから私の部屋に来て宿題を見てくれることになり。

　今は絶賛、宿題を見てもらっている最中。

　昨日、すぐに『いいけど』って返事が来たときはびっくりしたけれど、相良くんの教え方はそれはそれはわかりやすくて、わからなかったところが理解できて、基礎的な問題は自力で解けるようになっていた。

「相良くんの教え方、ものすっごいわかりやすい！」

　まるで自分がとても賢くなってしまったんじゃないかと錯覚してしまうほど。

「それはどうも……ていうか、この量本当に終わらせられ

るの？」

「……え……へへへ」

　痛いところを突かれて苦笑いすることしかできない。

「笑ってごまかすな」

「うっ、だ、大丈夫だよ！　頑張る。救世主もいるし」

「俺は解き方教えるだけだから」

「わ、わかってるよ！　よろしくお願いしますっ」

　こんなに教えるのが上手な相良くんが隣にいれば楽勝か
もしれない！　……なんて。

　そんなのは、とても浅はかな考えだった。

「うっ……ちょっと休憩しよう……」

「今休んだら絶対終わらないから。あと二十ページは終わ
らせるよ」

「そんな！」

　あれから一時間が経ち。

　想像以上に相良くんはスパルタで。

「……あ、頭が、爆発しそう……」

「まだ全然いけるから」

「うっ──。相良くんの学校は宿題あるの？」

　少しでも休憩したくて話題を振ってみる。

　ここの学生三人はみんな同じ学校の芸能科に通ってい
るって前に曜さんから聞いたけど。

　仕事が忙しい芸能人のみんなは課題が免除されることと
かあるのかな。

「とっくに終わったよ」

「え、終わった!?　はやっ!!　というかそもそも宿題あるんだっ!」

「そりゃそうでしょ。普通に勉強してるから。麻飛は卒業できるか危ういみたいだけど」

「わ、そうなんだ……すごいね、私なんかよりもずっと忙しいのに」

　芸能人は特別扱いされるんじゃ、と思っていたのが恥ずかしくなる。

　相良くんはしっかり両立してるんだ……。

　学校のこともやりながらあんなすごい曲を作ったりライブをするんだから。

　そして麻飛くんの卒業が危ういのはなんとなく理解できる。

　少々私と同じ匂いがするというか……。

「まぁ、今年の夏は丸山さんにとってもちょっと特別だっただろうし。手つけられなくなるのもわからなくはないけど」

　と相良くんがフォローしてくれる。

　けど!!

「いや!!　私はこの怠惰さを直さなければ。毎年ギリギリになって翔に泣きついてたから。でも、それももうできないし。だからちゃんと自分ひとりでできなきゃね!」

　翔の名前を出しても、もう悲しい気持ちにはならなくて、ちゃんと心から笑えてる。

　そんな自分の気持ちの変化に気づいていると、

「……いいんじゃない」

　相良くんがボソッとつぶやいた。

「え？」

「見るよ。俺でよければ。だから、ひとりでできなくても
いいと思う」

「相良くん……」

　彼の方からそんな風に言ってもらえるなんて想像もして
いなかったから、うまく言葉が出てこない。

　今の状況だって、私が相良くんの時間を奪ってしまって
いて大変申し訳ない気持ちでいっぱいだ、なんて思ってい
たのに。

「都合があえばだけど……丸山さんがここを出ても、俺に
教えられるとこなら教えるから」

「……何から何まで、本当にありがとうっ」

　嬉しくて、ありがたくて。相良くんにここまで優しい言
葉をかけてもらえるなんて驚きで、目頭が熱くなる。

　出会ったときからそうだった。

　みんなの登場にびっくりして倒れちゃったあの日も、相
良くんが私を運んでくれて。

　目が覚めるまでそばにいてくれた。

　相良くんには助けてもらってばかりだ。

「ありがたすぎて、泣きそうです」

　隣の彼を見て、ひたすらお礼を言うことしかできないで
いると、

「フッ。泣く暇あるならこれ解いて」

　相良くんがワークの問題を指さすから。

「っ、き、厳しい」

　と思わず声を漏らしながら、シャーペンを持ち直して問題に取りかかった。

「よし……できたっ」

　相良くんに最初に指定された範囲までをなんとか解き終わり、ふと顔を上げて時計を確認すれば、あれから一時間以上が経っていた。

　結構集中して解いていたんだな……私。

　自分の集中力に関心しながら、早速、解いた問題を相良くんにチェックしてもらおうと目線を横に向けると。

「……っ」

　相良くんが、テーブルに置いた腕に顔を載せて寝ていた。

　その寝顔があんまりにも綺麗で見入ってしまう。

　白い肌にスッと通った鼻筋と、血色のいい薄い唇。

　だけど、目を瞑っているとほんの少し幼くて。

　私も彼と同じような体勢になりながらその顔を見つめる。

　優しかったり厳しかったり。時々わかりにくい冗談を言ったり。

　聴いてる人の心を掴む素敵な曲を歌う大スター。

　そんな彼、相良雫久のことをもっと知りたい。

　視線を下げて、今度は彼の指に目を向ける。

　この間、ギターの弾き方を教えてもらったとき、この指が私に触れた。

　前はなんとも思わなかったひとつひとつの相良くんの仕草がいちいち気になって。

『行くの？　あいつらのとこ』

　相良くんは、なんでそんなことを聞いて私の手を握ったんだろう。

　ゆっくりと自分の手を彼の手に伸ばして、問いかけるようにその長くて細い綺麗な指にわずかに触れると。

　っ!?

　人差し指をギュッと握られた。

　相良くんが起きたのかとびっくりして顔を見ても、変わらない表情で寝ていて。

　勝手に触れていることがバレていなくてホッとしながらも、触れ合ってる指先から熱が伝わっていくみたいに、胸のドキドキが止まらない。

　心臓がうるさくてしょうがないのに、心地よくて。

　まだもう少しこの秘密の時間を味わっていたいと思った。

「これぐらい終われば、あとはなんとか片付きそう？」

　相良くんが目を覚まして、それからさらに数時間。

　わからないところを教えてもらいながら他の教科のプリントやらワークの問題も解き続けて、なんとか終わりが見

えてきた。

「うん！　これなら新学期に間に合うと思う！　相良くんほんっとにありがとうっ」

　忙しい相良くんにこんなことにまで付き合ってもらってしまって……。

「相良くんのおかげで新学期も生きられる。ありがとうっ！」

　感謝の気持ちが溢れて止まらない。

「どーいたしまして。夕飯、どうする？　丸山さん、今日疲れたでしょ。みんな今日も遅くなるみたいだし、出前でも――」

「いや、そんな！　作ります！　この間も熱出してちゃんと作れなかった訳ですし……」

「無理しないでよ。丸山さんが来るまでは出前とったり普通だったし」

「だから、私が来たので！　そんなみなさんの栄養バランスを気にして、宗介さん、私にこの仕事を任せてくれたから。だから、やらせてくださいっ！」

　そう言うと、相良くんが穏やかに笑った。

「ん。わかった。じゃあ今日は俺も作るの手伝うよ」

「え!?」

　相良くんの言葉に耳を疑った。

　今、手伝うって言った？

「それもだめ？」

「いや、その、大変……助かりますけどっ」

　まさか、相良くんが料理を手伝うと言い出すなんて。
「ん。じゃあ決まり。混み出す前に買い物に行こ」
「うんっ！」
　そうして私たちは、一緒に夕食を作ることになり、勉強道具を片付けて、早速ふたりでスーパーへと向かった。
　スーパーへと向かいながら、相良くんと話してメニューを決めた。
　その名も、鶏団子の柚レモン鍋。
　冷房かけっぱなしの部屋で一日中過ごしていたのもあって、体を少し温められたらと思って。
　でも、夏っぽさのさっぱり感もちゃんと味わえるものに。
　このメニューを提案したら、相良くんも、「いいじゃん」と嬉しそうにしてくれた。
　買い物を終えて無事に帰ってきてから、手分けして買ってきたばかりの食材を調理台に出す。
「あれ……」
　エコバッグから食材を出していると、買い物中に見た覚えのない大きめのプリンがふたつ出てきた。
　ちょっとお高い、いいプリン。
　こんなもの、カゴに入れた記憶がまるでない。
　一体なんで……。
　ふと、隣に立つ彼に目を向ける。
　え、もしかして、相良くんが？
　プリンを持ったまま彼をジッと見れば、視線を感じたのか、相良くんがちらりとこちらを向いて。

　バチッと視線が絡んだ。

　彼の目が私の持つプリンを見る。

　食事以外の、おやつや個人で食べるものは自分の財布から出すのがルールだから、こういうものを経費で買ったら基本的にはダメなんだけど。

「もしかしてこれ、相良くんが入れたの？」

「……いや」

　え。

　今、あからさまに目をそらされた！

　絶対犯人の反応じゃん！

「相良くん、これ経費で落ちないよ」

「……フッ」

「へ？」

　突然、吹き出すように笑った相良くんが腕組みしてこちらを向く。

「まず第一に、丸山さんが普段やらない勉強を死ぬほどやったことで、今、丸山さんの脳は糖分不足なわけ」

「は、はぁ……」

　いきなり始まった相良くんの話に耳を傾ける。

　普段やらない勉強って……ちょっと引っかかる言い方。

　まぁ、事実だけど！

　だから今の私が糖分不足っていうのは自覚しているつもりだ。

　許されるのなら、私だって目の前にあるプリンを食べたい。でも……。

「そんな状態でそのまま働かれて、今度こそ倒れて動けなくなったら、丸山さんの食事で栄養バランスとっていた俺らにも影響が出る、ということはすなわち、仕事にも支障が出るってこと。それによって一番困るのは？」

「えっと……」

「そう、会社なんだよ」

　いや私、まだ何も答えてないんだけど！

　相良くん、謎のスイッチ入っちゃってるよ。

「だからこのプリンは経費で落ちる、以外考えられない。今のライドリアームは丸山さんの料理で回ってるようなもんだから」

「それはあまりにも大げさすぎるよ。私の作るご飯がそこまで影響を与えてるとは……」

　プリン食べたいからってそこまで言うかね……。

「そう？　現に、ネットでも結構言われてるよ」

「え、そ、そうなの!?」

　それは初耳すぎる。

「ほら」

　そう言って相良くんがササッとスマホを操作して画面を見せてきた。

「わっ……」

　そこには相良くんが言うように、曜さんやエンプのふたりについてのコメントが並んでいた。

『渕野曜くん、なんか若返った？』

『エンプの唯十くんと麻飛くん、最近めちゃくちゃ調子い

いよね』

　などなど。

「ええ……でも、それは、私の力だけではないというか……」

　そう言いながらも、ほんのわずかでも私の料理がみんなの力になっているなら嬉しくて。

　そんなことない、と思いながらも顔が綻ぶ。

　ん？　でも待てよ？

　私の手料理を食べることでみんなが少しでも元気になってくれていたとして。

　だから私が倒れないためにも糖分摂取すべきっていう相良くんの言い分はよくわかったけど……。

「でも、なんで二個もあるの？　これは相良くんの分だよね？」

　そう聞けば、ふたたび目をそらされた。

「相良くん、もしかして私を盾にしてプリン食べようとしてた!?　私のことハメようと！」

「……ふーーん。俺に勉強見てもらってそんなこと言うんだ」

「なっ、脅しだ！」

　こ、怖い!!　あっぶない……危うく呑まれるところだった。

　というか、相良くんがこういうことしちゃうって珍しいな。

　どちらかというと注意しそうなタイプだもん。

「いいよ。丸山さん食べないなら俺ひとりでふたつ食べる

し」

「え」

　開き直った！

　相良くんは何食わぬ顔で私からひとつプリンをひょいっと取り上げると、プラスチックのスプーンを手に持ってプリンの蓋を開けてパクッと食べ始めた。

「うま──っ」

　うう。わざと見せびらかすみたいに。

　いつもご飯食べてるときだってそんなオーバーリアクションしないのに。

　初めて一緒にスーパーに行って私の身長をからかったときもそうだけど、相良くんってスーパー行ったら人格変わるタイプなのかな。

　そんなの聞いたことないけど。

　それにしても……。

　相良くんったら、めちゃくちゃ美味しそうに食べるんだもん!!

　これを見てるだけなんて、あまりにも酷だ。

　勉強得意な相良くんよりも、慣れないことした私の方が数倍、今甘いもの必要だよ！

　いや、教える方が神経使うかもだけど……ってそーじゃなくて！

　プリンを頬張る相良くんを見ながら、頭の中で考え込んでいると、

「ふっ、食べたい？」

　相良くんがちょっと意地悪な笑みを浮かべながら、一口すくったプリンをこちらに見せてきた。

　イ、イジワルだ……。

　ゴクリと喉が鳴る。

　でも……。

　スプーンの上にぷるんと載ったそれがあまりにも輝いて見えて。

「本当に食べなくていいの？　聞くのこれで最後にするけど」

「っ、た、食べたい……です」

　欲に負けて小さくそう言えば、相良くんに「ん」とスプーンを向けられて。

　開けた口に一口分のプリンが流れ込んできた。

　卵のなめらかな甘さとカラメルソースのほろ苦い甘さのコラボレーションは完璧で。

　口の中で幸せがとろける。

「っ、ううっ、お、美味しい……」

　とその美味しさに浸っていたら、

「これで、丸山さん、俺の共犯だね」

　なんて囁かれてしまった。

「ち、違っ!!　わ、私は相良くんにそそのかされて!!」

「往生際が悪いぞ。これぐらい黙ってたらバレないって」

「そんな……やだ、どうしよう……悪いことはいつかバレるの絶対！　そしたら私、出禁だよ……クビだよ！」

　欲望に負けた自分が悪いのは重々承知だけど、食べたあ

との罪悪感が私を襲う。

「ぷっ……冗談だよ」

　落ち込んでいると、そんな声が耳に届いた。

「へ……何が。どこからどこが」

「これ、俺が個人的に買ったものだから。まあ別に、おや
つのひとつやふたつ買ったところで会社に怒られないけど
な」

　相良くんがそう言ってポケットから出したのは短いレ
シート。

　そこにはプリン二個だけが購入されているのが記載され
ていて。

　ということは……。

「葛藤(かっとう)してる丸山さんおもしろくて、ちょっとからかった」

「えっ!?」

　ってことは全部嘘!?

「ひどい！」

「でも、美味しかったんでしょ？」

「それは……うん」

「ハハッ。素直」

「んもう」

　そうため息をつくけど、相良くんの新しい一面が見れた
気がしてなんだか嬉しくて。

「糖分チャージできたし、パパッとご飯の準備するよ！」

「ん。ご指導のほどよろしくお願いします。丸山センセ」

　こんなに冗談を言う相良くんはやっぱり珍しくて、いつ

もより距離が近い気がしてドキドキして。

　私はあまり意識をしないようにと、料理に取りかかった。

「これぐらい?」

「うん。ばっちり」

　相良くんとキッチンに並んで。

　鍋に入れる鶏団子のタネの準備ができて、ふたりでそれを手で丸めているとなんだかすごく楽しくて。

「♪〜♪〜♪〜」

　思わず、この間、相良くんと歌った歌を口ずさむと、隣からもその歌が聞こえてきた。

「♪〜♪〜♪〜」

　サビのところではお互いちょっと見つめ合って、私たちの声がハモる。

　やっぱり、この感じ大好きだ。

　ふわふわした懐かしい気分になる。

　相良くんと歌うと、不思議とすごくリラックスできる。彼の表情も、歌っているときが一番柔らかくて。

　この時間が、ずっと続けばいいのに、なんて。

「よし、できた」

　ずらっと並んだ鶏団子を見て達成感にひたる。

「うん。結構いっぱいできたね。ふたりで全部食べられるかな。まぁ、冷凍もできるけど……」

「丸山さんがいたら余裕でしょ」

「ちょっ、ひとを大食いみたいに！　そうだけど！」

「ふはっ、そうだけどって。認めるんだ」

　そうやって、相良くんがいつもよりも豪快（ごうかい）に笑ってくれる瞬間も、特別ですごく嬉しくて。

　彼の笑顔を見て自分の胸の鼓動が速くなっているのが無性（しょう）に恥ずかしい。

　こんな風になっているのはきっと私だけ。

「……カセットコンロってこっちにあったっけ」

　この感情を悟られないようにと、逃げるように相良くんから距離をとって。

　調理台の反対側にある棚の扉を開ける。

　彼に背を向けながら、ドキドキしているのを落ち着かせようと少し呼吸を整えていると。

「あ――そっちじゃなくて、多分もう少し右に――」

　っ!?

「え――」

　突然、耳元近くで声がしたので、びっくりして反射的に振り返った。

　それが、いけなかった――。

　視界は、目を見開いた相良くんの顔でいっぱいで。

　唇には柔らかい感触。

　なっ。

　これって――。

「っ、ごめん!!」

　すごく長い時間、止まっていたような気がした。

　慌てた相良くんが勢いよく私から距離をとって、顔を真っ赤にしながら謝る。

　相良くんが謝るってことは、さっきのってやっぱり……。

　勘違いじゃないってことだよね？

「……いや、その、私の方こそ、ごめんなさいっ！　急に、顔向けたし、えっと……」

　目の前の相良くんが、自分の口を手で塞いで呆然としているのを見て、じわじわと顔が熱くなる。

　でも……。

『自分は特別だとか思い上がるなよ』

『アイドルとファンの線、ちゃんと引けってこと』

　以前、まだ出会ったばかりのときに相良くんに言われたセリフが頭によぎった。

「ごめん……」

「ほんと、大丈夫だから！　今のは、ほら、事故！」

　また謝る相良くんに、笑って言う。

　ちゃんと、笑えているだろうか。

　華やかな世界にいる相良くんにとって、こんな風に異性と至近距離になることなんてそんなに珍しいことじゃないだろう。

　ミュージックビデオで彼が女優さんと自然体でお芝居していた光景を思い出す。

　ただの事故。私と相良くんの間には何もないから。

　こんなことでいちいち過剰に反応される方が、彼にとっては面倒くさいはずだから。

「全然気にしてないから！　忘れよう！　何も起こってない！　頭がぶつかっただけ！」

　相良くんに嫌われまいと、必死にそう言う。

　忘れられるわけがないのに。

　指先が触れただけで、心臓はいちいちうるさく鳴っていたんだから。

　相良くんは、一度もこちらを見ないまま口を開いた。

「……丸山さんは忘れられるの？」

「……う、うん！」

　それが、相良くんの望むことなら。それで嫌われないで済むのなら、私は忘れるように努力するよ。

　そう思っていたら、相良くんが「……ふっ」となぜか力なく笑って。

「そうだよね」

　と静かにつぶやいてから、そのまま私に背を向けるようにして離れた。

　その後、少しの間は気まずい空気が漂ってしまっていたけれど、このまま相良くんと話せなくなっちゃうのが嫌で、怖くて。

　話すタイミングを窺いながら、なんとか、できあがった鍋が美味しかったおかげもあって、また話すことができた。

　「美味しいっ！」と感想を漏らせば、相良くんも「うん。うまい」と笑ってくれて。

　それをきっかけに、雰囲気が徐々にいつもの感じに戻っていって。

　食べ終わって食器を片付ける頃には、完全に普段通りのやりとりができるようになっていた。

　まるで、本当になにもなかったみたいな。

　今まで通りを貫きたくて、忘れる、なんて宣言したくせに、あれが本当になかったことになるのかと思うと複雑で。

　自分の矛盾に呆れる。

　本当は、自分の気持ちにとっくに気づいている。

　恋を自覚したときの胸の高鳴りなんて、翔を好きになってからうんと経験しているから。

　でも、だからこそ、私の変化した感情のせいで今までの心地いい関係が壊れてしまう恐怖だって同じくらい知っているから。

　もし、相良くんに対して恋心が芽生えているなんて本人にバレてしまったら……。

　翔のときみたいに、全部なくなってしまうかもしれない。

　私が唯十くんのファンだって知ってああいう言葉をかけた彼ならなおさら。

　そんな私を軽蔑するんじゃないかって。

　だから、絶対に気づかれないように。この気持ちには蓋をするんだ。

酔ってるの？

〈雫久side〉

「あーあと一週間で、純恋ちゃんうち出ていくんだなー」

　丸山さんとふたりで鍋をした日……俺と丸山さんの唇が触れてしまったあの日から、早いもので一週間が経った。

　今日は、打ち合わせのために事務所に来ていて、たまたま会った麻飛と唯十と共にリフレッシュルームでコーヒーを飲んでいるところ。

　彼らも同じタイミングで打ち合わせを終えたらしく、話題は自然と丸山さんのこと。

「正直、純恋ちゃんのご飯食べ慣れちゃったせいで、俺もう外で食べられないんだけど」

「それわかる」

　と唯十が麻飛のセリフに同調して胸のあたりがモヤッとする。

　この天然タラシが、と心の中で唯十にツッコミながら、自分の性格の悪さが浮き出て嫌になる。

　伝えることが下手な俺に比べて、唯十は真逆。真っ直ぐすぎるぐらい、嬉しいや好きをそのまま伝えるやつだから。

　そこが羨ましくて、俺もそうなれたら、丸山さんに好きになってもらえるのかな、なんて思う。

　自分がこんなことを考えるようになっているのがそもそもカッコ悪すぎるけど。

　きっと丸山さんはまだ幼なじみを引きずっているはず。

　吹っ切れたみたいに本人は言っていたけれど、前に寝言

で名前を呼んでいたくらいだし。

　もし、吹っ切れていたとしても、ずっと大ファンで憧れていた唯十が今こんな近くにいる状況なら、必然的に、アイドルとしてではなく異性として唯十を好きになるのは自然なことだろう。

　だから、小さい頃たった一週間しか一緒にいなかった俺との思い出なんてそりゃ覚えていないに決まっている。

　でも、近くにいれば、思い出してくれるんじゃ、同じ気持ちになってくれるんじゃないか、なんて期待して。

　結局、キスしたって丸山さんはいつも通りだから、やっぱり俺のことなんてなんとも思っていないんだと痛感した。

　そりゃそうだよな。

　事故とはいえ、好きでもない人とキスしたら誰だって嫌だろうし。

　変わらずに普段通りにいてくれるのはありがたいことなのに。

　正直、欲を言えば……。

　もっと動揺して欲しかった、恥ずかしがって、気にして欲しかった。

　最近、俺ばかりが彼女といて無性に楽しくて意識しているみたいで、一方的すぎて悔しいから。

「──く、雫久っ」

「っ、え」

　麻飛に名前を呼ばれて、ハッと我に返る。

「もう、なーにぼーっとしてんの？ 来月、雫久のとこライブでしょ、どうよ調子は」

「……あー。うん」

「うんって！ そんなテンションでライブやるか普通！」

「…………」

　麻飛のテンションには日頃からついていけないけど、今日は特にそう感じる。

「雫久も寂しいんだよね、純恋ちゃんが帰っちゃうの」

　と唯十が嬉しそうな顔をして言う。

　まるで俺のことを煽っているみたいでイライラする。

「俺たちに比べて雫久の方が純恋ちゃんといる時間長いもんなー。そりゃ寂しいかー」

　と麻飛が呑気に言う。

「……別に」

　素直に寂しいなんて言えなくてそうつぶやけば、横からさらに唯十が声を出した。

「俺ももう少し純恋ちゃんといろんなことしたかったなー」

　ブチン。

　俺の中で、何かが切れた音がした。

「……唯十のそういうところ、どうなの」

「え？」

「お前がそんなんだから、あんなことがあったんじゃないの。なんで学ばねぇの」

　多分、一番言ってはいけないこと。

　でも、止められなかった。

「雫久、やめろ。あの事と純恋ちゃんは関係ないだろう」

　感情的になってしまった俺を麻飛が制する。

　わかってる。だから余計いらだってしまうんだ。丸山さんはあの事になんの関係もない。

　それなのに、唯十の存在がこれ以上彼女の中で大きくなって欲しくなくて、あえてその話を持ち出した。

　自分の幼稚さに呆れる。

　そうやって唯十を縛ろうとしている自分が、最低すぎて。

「あのときのことは、本当ごめん」

　違う、あのことは、唯十は何も悪くないのに。

「別に唯十に謝って欲しいわけじゃ……」

　唯十が丸山さんに本気になってしまったら、俺に勝ち目なんてこれっぽっちもなくなってしまう焦りから言ってしまったことだった。

　唯十にまた謝らせてしまった自分に嫌気がさしてため息をつくと、唯十が「でもさ」と口を開いた。

　嫌な予感がする。

　その続きを言わないで欲しい、そんなことを思ってももう遅い。

「俺にとって純恋ちゃんって、もうファン以上に特別な存在なんだよね」

「……っ」

「え、え!?　唯十それって!!　……ほ、本気で純恋ちゃんのこと──」

　俺よりも大きく反応したのは麻飛だけど、唯十はその先

を言わせなかった。

「麻飛、そうやってすぐ型にはめようとするのやめようね？」

あまりにも優しく言うもんだから、それが逆に怖すぎる。「特別は特別。それがどういう特別かは、今はすぐ答え出す必要ないと思ってるから。答えなんて出なくてもいいし、それにわざわざ名前をつけないといけない決まりもない。ね、雫久」

なんてこっちを見てニコッと笑う悪魔。

王子さまキャラとか爽やかだとか世間から言われているやつだけど、この人が一番、腹黒くて性格悪いと思うと同時に、一生勝てないとも思う。

そのあとすぐ、ふたりはレコーディングがあると言って事務所をあとにしたので、俺も家に帰ることにした。

唯十たちとあんな話をしたあとで、丸山さんとどう接したらいいのかますますわからなくなってしまった。

俺がそうでも、彼女はいたっていつも通りなんだろうけど。

て言うか、唯十のあれ、なに。

丸山さんのこと『特別』って。

もう答え出てるようなもんじゃん。

「……ただいま」

家に着いて玄関で声を出すけど返事がない。

時刻はただいま昼の三時。

　もしかしたら、買い物に出かけたのかもしれない。

　来月はじまるライブのことに集中しないといけないのに、最近は頭の中、丸山さんのことばっかりで。

　夢にもしょっちゅう、あのキスした場面が出てくる。

　あー……だめだ。

　自分が自分じゃないみたいで。

　このぐちゃぐちゃな脳内をさっさとリセットしようと、俺は一目散にキッチンに向かって冷蔵庫を開けた。

　中にあったエナジードリンクの缶を手に取って一気に飲む。

　……ん？

　なんだ……これ……。

　体に流れ込んだ飲み物が、普段飲んでいる味と全然違ってびっくりする。

　改めて缶のパッケージを確認しようとするけど、なんだか頭がくらくらしてうまく読めない。

　嘘だろ……。

　え、なに飲んだの、俺……。

〈純恋side〉

「ただいまー」

　食材の買い物を終えてハウスに着き、玄関に置かれた靴を見て、相良くんが帰ってきているのがわかった。

　一緒に鍋を作って食べたあの日から、家でふたりきりになることがなかったので、少し緊張しながら靴を脱いで玄関を上がる。

　まぁでも、〈それ宙〉は来月ライブを控えてるから、その準備で相良くんも忙しいだろうし、部屋から出てくることはないかもしれない、とリビングに入ったときだった。

　え……。

　ソファにゴロンと横になっている頭がチラッと見えた。

　珍しい……相良くんがリビングで休んでいるなんて。

　体調、悪いのかな？

「さ、がら……くん？」

　恐る恐る彼の顔を覗くように声をかけてみると。

「へっ……」

　頬がほんのり火照った相良くんと目が合った。

　ど、どうしたんだろう。

「あ、フフッ、丸山さんだ──」

　相良くんはなにやらすごくニコニコして私のことを見ている。

　え……なに……。

　なんか、キャラ違うような……。

　ん？

　ソファの前のローテーブルに置かれたひとつの缶に目が留まる。

　こ、これって……！

「あーー！ 相良くん、これ！ 昨日、曜さんがもらってきたお酒じゃん！ も、もしかして、飲んじゃったの!?」

　お酒を飲んで酔っ払ってしまっているということなら、相良くんの様子が変なのも納得いく。

　でも、まさか本当に!?

「知らなーい！ ふふっ」

　いや……。

　これ、確実に飲んで酔っ払ってるやつじゃん。

　どうしよう……。

「ダメだよ、未成年が飲んじゃ！」

「ううん。ダメじゃない。いつもと同じだもん」

　『だもん』って……。

　同じってなにが……。

　ふたたび缶に目を向ける。

　黒い缶に青のフォント。

　あ。

　そう言われれば、確かに、相良くんが普段飲んでるエナジードリンクのデザインと少し似ているような気もしなくはないけど。

　だからって、間違えるかな……。

　それぐらい、ライブの準備で疲れてるってこと？

「いやでもっ！　ダメなもんはダメだから！」

「うるさいなー」

　う、うるさいって。

　反抗期ですか。

「丸山さんも飲んでみたら？　美味しいよ。へへッ、あとなんかふわふわして楽しいー」

　あぁ……。ダメだ。酔っ払っている相良くん、見てられない。

　ちょっと……か、可愛いけど。

　ってだめ！　早く酔いを覚ましてもらわなくちゃ！　まずは……。

「そうだ、水！　相良くん、水飲もうっ」

　そう言ってキッチンに向かおうとした瞬間、むくっと起き上がった相良くんに手首を掴まれた。

「ちょ、相良くんっ」

「いらないから、行かないで」

　行かないでって……。

　酔っ払いのそんなセリフにドキッとしてしまったことが悔しい。

「っ、相良くん、離して。すぐ戻ってくるから」

「あーもう、うるさいっ」

「なっ!?」

　なぜかご機嫌斜めになった相良くんに、強く手を引かれてしまい、その拍子で身体がソファに埋もれる。

　目の前には、ソファに手をついて私に覆いかぶさる相良

くん。

　突然のことすぎて頭が一気に真っ白になるけど、心臓は
バクバクとうるさくて。

「ちょ、相良くんっ」

　トロンとした目でジッとこちらを見つめる相良くんが口
を開く。

「……相良、相良って、なんで俺だけずっと苗字なの」

「……へっ？」

「三人のことは下の名前で呼んでいるのに」

　そんなこと、相良くんから聞かれるなんて想像もしてい
なかったからびっくりしてしまう。

　言われてみれば、相良くんだけずっと苗字だけど、それ
は……。

「エンプのふたりは前からファンで一方的呼んでいたから
癖で……曜さんも下の名前でいいって言ってくれてたか
ら」

「ふーーん。……俺と純恋だって、キスした仲じゃん」

　っ!?

『キス』

　その単語にこの間のことを思い出してしまってボッと顔
が熱くなる。

　しかも相良くん、今、私のこと『純恋』って……。

　もう頭がパンクしちゃいそうだ。

　酔った相良くんは刺激が強すぎるよ。

　なんでこんなにキャラが違うの!!

「あ、あれは、じ、事故でしょ！」

「あそ。じゃあ、もう一回」

「へ……」

　もう一回って……。

「今度は、事故で片付けられないぐらいのキス、しようよ」

　そう言った相良くんの顔がさらにグッと近くなる。

「な、なに言って……」

「『雫久』って呼んで」

「……っ」

　ドキドキしすぎて心臓が破裂しそう。

　お互いの鼻先が触れそうな至近距離と、ツンと香るお酒の匂いに私まで酔ってしまいそうな感覚に怖くなって。

　ギュッと目を瞑ると、

「ちゃんと思い出してよ、俺のこと」

　そんな苦しそうな声が耳に届いて、

「えっ」

　うっすら目を開ける。

　思い出してってどういうこと……。

「ムカつく……俺はずっと悩んでいるのに。丸山さんは俺じゃない、違う人のこと考えているから」

　なにそれ……。

　そんな言い方まるで、相良くんが私のこと——。

　ふたたび視線が絡めば、彼の瞳に私が映っていて。

　酔っていないときも、こんな風に私のことを見てくれたらいいのに、なんて。

　ううん。

　違う。

　やっぱり、こんなのいけない。

　お酒の勢いでなんて──。

「──嫌っ!!」

　そう叫んだのと同時に、ガチャッと玄関のドアが開いた音がした。

　誰か帰ってきた!!

　私の声が聞こえたからか、急いでこちらに向かってくる足音がして。

「純恋ちゃん!?」

　という曜さんの声がリビングに響いた。

「え、はぁっ!?　雫久!?　お前、何やって……!!」

　ソファにいる私たちに気づいた曜さんが、私に覆いかぶさる相良くんの体を後ろから掴んで引き剥がす。

「……離せっ！　曜くんだって外で好き放題やってるくせに」

「いやいやいやいや！　俺は常に合意の上だ！　純恋ちゃん、嫌がってるじゃん！　無理やりはまずいだろっ！　てかまじで何で急にこんな──」

「曜さん、これっ！」

「──え？」

　テーブルに置かれたお酒を指差せば、曜さんがそれを見て目を見開いた。

「雫久、お前まさかっ」

「間違って飲んじゃったみたいで……」

「うわっ、まじか……」

「……うっ」

　え。

　さっきまでバタバタ暴れていた相良くんが突然、顔を青くしてうつむいた。

　まさか。

「……気持ち悪い」

「おいおいおい、ちょっと待て雫久、トイレ行くぞトイレ！」

「無理……」

「無理じゃなくて!!」

「今寝た」

「……よかったです。ありがとうございました」

　あのあと、なんとかギリギリ間に合った相良くんは、吐き疲れてそのまま眠ったらしい。

　私にあんな素早い介抱（かいほう）はできなかったので、曜さんが帰ってきてくれて本当によかった。

「ごめんね、純恋ちゃん」

「いえ……」

　曜さんは助けてくれたのに、なにを謝るっていうんだ。

「でも、雫久のこと嫌わないであげて欲しい」

「えっ……嫌うなんてそんな！」

　びっくりはしたけど、あれで相良くんを嫌いになったとか全然ない。

　むしろ……。
「ちょっとドキドキした？」
　っ!?
　まるで私の心が読めたみたいにニヤリと笑った曜さんに言われて、たちまち顔が熱くなる。
「そ、それは……」
「雫久、ベッドに運んだとき、純恋ちゃんの名前呼んでた」
「え……」
「『行かないで、丸山さん』って。俺のこと純恋ちゃんと思ったみたいで袖握ってきたよ」
　そんな……本当にそんなことを、相良くんが？
「ふたり、なんかあったよね最近」
「へっ」
　私の座っているソファの隣に曜さんが腰掛けながらそんなことを言うから、あからさまに動揺してしまった。
　今までと変わらないようにって相良くんに接してきたつもりだけど。
　曜さんにはバレていたってことなのかな。
「一応、この中で俺が最年長なわけだし。的確なアドバイスできるかはわかんないけど、聞くことぐらいはできるよ？　誰かに話すだけで気持ちを整理することだってできるからさ」
「曜さん……」
　ギュッと太ももの上で手を握る。
　話しても、いいのかな。

　自分の気持ちをどう仕舞っておいたらいいのかも、相良くんの気持ちもわからない。

　今、頭の中はぐちゃぐちゃで。

　曜さんの言う通り、話すことで自分の気持ちを整理することができるなら。

　私は意を決して、相良くんと事故で唇が触れてしまったことと、正直な自分の気持ちを話すことにした。

「まじか。そんなことが」

　全てを聞き終えて、少し驚いた表情を見せた曜さんだけどすぐに柔らかい表情に変えた。

「やっぱり純恋ちゃん、雫久のこと好きなんだね」

「……っ」

　改めて声に出して言われるとその気持ちをさらに実感して恥ずかしくなる。

「んー今の関係が壊れるのが怖いって気持ちもすっごくよくわかるけど……」

「…………」

「でも純恋ちゃん、本当にその気持ち雫久に伝えないままでいいの？　幼なじみの彼に気持ち伝えたことも後悔してる？　事故でキスって、お互いに意識して関係が前進する絶好のチャンスなのに」

「そ、それは……」

　チャンス……。

　そんな風に考えたことなかった。

　自分の気持ちをうまく答えられなくて言葉に詰まってい

ると、曜さんがふたたび話し出した。

「俺は、気持ちを隠してそばに居続ける方が苦しいと思う。だから結果がどうなったとしても、純恋ちゃんが幼なじみに気持ちを伝えたのは正しかったと思うし、そのおかげで今ここにいるじゃん？　だから、雫久への気持ちにも素直になって欲しいなって思うよ」

相良くんへの気持ちに素直に……。

確かに、翔に振られたばかりのときは、告白したことを後悔していたけれど、今もそうかと言われれば違う。

でも……。

今は相良くんに気持ちを伝えて嫌われちゃうのが怖い。

『自分は特別だとか思い上がるなよ』

『アイドルとファンの線、ちゃんと引けってこと』

相良くんに言われたセリフが何度も脳内で再生される。

「俺から見たら、雫久、すげぇ純恋ちゃんのこと気に入っているように見えるし、ふたりはお似合いだと思うよ。あの雫久が酔って、あんな風に迫るんだし」

『お似合い』なんて言われて、平然としていられるほど私は大人じゃない。

しかも『あんな風に』と言われて、さっきの相良くんとの出来事も思い出してしまって。

すぐ熱くなる顔を隠すようにうつむくと、

「それとも、雫久に何か引っかかるようなこと言われた？」

「……っ」

なんて、またエスパーなのかと疑いそうになるセリフが

飛んできたから、この人に隠しごとはできないと痛感しながらコクンと頷いて、前に相良くんに言われたことを話した。

「……なるほどねーー。雫久、そんなこと言ってたんだ」

「はい。だから、私のこの気持ちを知ったら嫌がるんじゃないかって」

「いや、それは違うよ、純恋ちゃん。雫久がそんなこと言ったのにはね、……その、理由があるんだ」

え、理由？

なんでその理由を曜さんが知っているんだろうと疑問に思う。

曜さんは、ちょっと言いにくそうにしながら「実は……」と口を開いた。

——それは、私がシェアハウスに来る前の話。

二年前。

当時、唯十くんが、あるひとりの熱狂的なファンの過激なストーカー行為に悩まされていたらしく。

唯十くんを待ち伏せしたり、あとをつけたり。

彼女が接触しようとしてくるたびに、スタッフや唯十くん本人は注意していて。

事務所側も、いつ警察に相談しようかと、そんな話にまでなっていたけれど、唯十くんは大ごとにして他のファンの人たちに嫌な思いをさせたくない、自分は大丈夫だからと周りに話していたらしい。

　そんなある日。

「……ここにも来てさ」

　曜さんのそのセリフに鳥肌が立った。

「ここって……シェアハウスにですか？」

「うん。その頃はまだセキュリティも今ほどじゃなくてさ。それで、その人がうちの玄関まで来たんだ」

「えっ……」

　曜さんの話に言葉が出てこない。

「その日、唯十は仕事に出かけていて……」

　その女性を最初に対応したのが、シェアハウスにいた相良くんだったらしい。

　すぐに、部屋にいた曜さんも駆けつけて、なんとかふたりで彼女を引き留めて、事務所や警察に連絡して事なきを得た、と。

　現実に起こった話なのかと疑ってしまうぐらい、衝撃的すぎる。

　信じられない。

　そこまでの経験をしていたなんて……。

　だから、ここの警備は今、ものすごく厳重なんだ。

「その事件があったせいで、雫久は熱烈なファンに抵抗があるんだと思う。だから、雫久が言ったことは、純恋ちゃんに対してじゃなくて、盲目すぎてアーティストや周りに迷惑をかける人たちに対して言ったんだと思うよ」

『だから大丈夫』

　曜さんはそう言って私の背中を優しく撫でた。

「そもそも、もし純恋ちゃんに対して今も本気でそう思ってるなら、あんなに付き添って看病したり、勉強見てあげたりしないんじゃないの？」

「……っ」

　優しい声色でそう言われて、相良くんが見せてくれたいろんな顔や優しさを思い出して、目頭が熱くなる。

「今の純恋ちゃんは、また自分が傷つくことを恐れて、雫久の気持ちを見ようとしていないんじゃないかな」

　曜さんの言ってることがその通りすぎてぐうの音も出ない。

「ヤな言い方してごめんね。でも、ここが純恋ちゃんの一歩踏み出すところなのかなって思うから」

　親身になって話を聞いて、アドバイスをくれた曜さんに感謝しかない。

「……はいっ」

　声が震えそうになりながら返事をすれば、曜さんが満足そうに笑った。

「ん。知るのが怖いってことはそのくらい相手を想ってる証拠でもあるから。それってすごく素敵なことだよ。なんかあったらまた俺に話して。俺は純恋ちゃんの味方だから」

「っ、ありがとうございますっ！」

　曜さんの温かい言葉の数々に我慢していた涙がとうとう溢れてしまって、それを優しく拭ってもらった。

　翌日。

　曜さんと話してから、ちゃんと自分の気持ちを認めて向き合おう、そう思っていたけれど。

　いざ相良くんを目の前にすると難しくて。

　前は、あの事故のあとも、全然普段通りを装えていたのに。

　朝、起きてきた彼を見た瞬間、酔った勢いで言われたことや触れた熱を思い出してしまって。

　まともに話しかけることができなくなっていた。

　このシェアハウスにいられるのも残り五日。

　ここを出ちゃったら話すチャンスなんてなくなっちゃうのに……。

　そう思いながら一日はあっという間に過ぎていった。

「丸山さん」

　っ!?

　その日の夜。

　お風呂から出て洗面所でちょうど髪の毛を乾かし終えたとき、その声に名前を呼ばれて大きく心臓が跳ねた。

　鏡越しで後ろを見れば、扉のふちに体を預けて腕を組んでいた相良くんと目が合った。

「相良くんっ！　ど、どうしたのっ」

　とっさに目をそらす。

　どうしよう。

　目が合わせられない。

「……今日ずっと、俺のこと避けてるよね」

　っ!?

「や、その……」

　こんな反応したら、はいそうですって言ってるも同じなのに。

　意識しないようにと思えば思うほど、変になってしまう。

「なんで急に？　あんなことあっても、丸山さんの方がなんともないって感じだったのに。俺なんかした？」

　あんなことって、唇が触れた日のことを言っているんだよね……。

　あれとは全然違ったんだもん、そりゃあぎこちなくなってしまう。

　相良くんの様子を見る限り、覚えていないみたいだけど。

「……相良くん、昨日のこと覚えてないの？」

　恐る恐る聞いてみると、相良くんがポカンとした。

「え？　昨日？」

　やっぱり、全然覚えてないんだ……。

「その……酔っ払って……」

「酔っ払う？　……誰が？」

　誰がって……。

「自分で思い出してください……」

　自分の口から説明するのは恥ずかしすぎてそう言うと、相良くんが顎に指を添えて考えるポーズをした。

「え……昨日は仕事から帰ってきて……喉渇いてたから……」

「それっ。相良くん昨日、間違えて曜さんのお酒飲んじゃったんだよ、それで……」

「は？　そんなわけっ」

「本当だよっ！　それで……」

　なんて口走ってしまったけど、あれを私から説明するなんてできるわけない、と思っていたら、相良くんの表情がだんだん不安げになっていって。

「ちょ、ちょっと待って」

　そう言って私に手のひらを見せてストップの合図をした相良くんの顔がみるみるうちに赤くなる。

　もしかして……思い出した？

　それはそれで困るというかこっちも恥ずかしくなってしまうんだけど！

「ごめん」

「へっ……」

「マジでごめん。全部忘れて。どうかしてたから本当」

『忘れて』

　そう言われて胸が苦しくなってしまった。

　なんで苦しいんだろうか。

　……そっか。

　私、相良くんにあんな風に迫られて嬉しかったんだ。

『「雫久」って呼んで』

　そうお願いされたのが嬉しかった。

　なのに……。

　それを相良くん本人は忘れて欲しがっている。

「……あのとき言ったことは、全部嘘ってこと？」

　期待通りにはならない。

　翔のことで散々思い知ったくせに。

　また同じ間違いをしようとしていた。

「……うん。丸山さん、忘れるの得意でしょ。だから──」

　……なにそれ。

「わかったよ。わかった。うん、全部忘れる」

　彼の顔を見ないまま笑って、逃げるように洗面所をあとにした。

　曜さんのおかげで、せっかく前へ進もうって思えていたのに。

　忘れてと言われたら、どう向き合ったらいいかわからない。

　相良くんにとってあれはなかったことにしたいってことで。

　曜さんにお似合いだって言われて浮かれてしまっていたのがいけなかった。

　やっぱり、もう一度恋なんてしちゃいけなかったんだ。

　そもそも相手は大スター。

　住む世界が違うんだから。

サプライズデート

「ごめんね、純恋ちゃん。最後なのに、なにもできなくて……」

「そんなことないです！　みなさん、一日中仕事でお疲れなはずなのに、こうやって集まってくれてることがもう！本当に嬉しいのでっ」

「ほんとかわいいことしか言わないね?　純恋ちゃん」

　と曜さんがちょっぴり雑に私の頭を撫でた。

「本当に色々とお世話になりましたっ」

　相良くんと話した日から、五日経つのは本当にあっという間で。

　今日、私はシェアハウスを出る。

　夜の二十二時。

　仕事から帰ってきたばかりの唯十くんと麻飛くん、曜さんが玄関の前で私を送り出してくれる。

「お世話になったのは俺らの方だよ。おかげで元気に仕事ができた。これからは、俺たちもちょっとは自炊頑張らなきゃだね」

　と唯十くんが笑う。

　この笑顔にどれだけ救われてきたか。

「あっという間すぎる。ほんと寂しいよ。純恋ちゃんのご飯が食えない日々に戻るのが怖すぎるっ!!」

　なんて麻飛くんが大げさなことを言うので吹き出す。

「ごめんね、純恋ちゃん。雫久、ライブの最終準備で遅くなるみたいで……」

「ああいえ、大丈夫ですっ！」

　唯十くんのセリフにどんな顔をしていいかわからない。

　ライブの準備があるのは本当かもしれないけど、私と会いたくないから帰ってこないんじゃないかって思うから。

　相良くんと気まずいままでさようならしてしまうなんて。

　最後ぐらい、会いたかったっていうのが本音だけど、どんな顔をして話したらいいかもわかんないから。

「落ち着いたら、また呼ぶから！　絶対！　送別会ぐらいちゃんとやりたい！」

　と麻飛くんの明るい声に救われる。

「ありがとうございます！　その言葉で十分すぎます！」

　なんだかしんみりした空気になってきて目頭が熱くなっていると、玄関の扉が開いて宗介さんが顔を出す。

「純恋ちゃん、ごめんね！　そろそろいいかな？　僕もまだ仕事が残ってて。もう出なくちゃ」

「あ、はい！　すみませんっ」

　私のキャリーケースを宗介さんが引いてくれて、私はボストンバッグを肩にかけ直して。

「みなさん、本当にありがとうございました！」

　再度、みんなに頭を下げてドアに手をかけた。

　まるで全部、夢だったみたい。

　宗介さんの運転する車に乗って数分。

「純恋ちゃん、色々本当にありがとうね」

　窓の外の景色をジッと見つめていると、宗介さんがそう

言った。

「あ、いえ……こちらこそ、たくさん貴重な体験をさせて
もらって……夢みたいでした」

　まさか、大好きなアイドルグループの一番の推しである
唯十くんの住んでいるシェアハウスで本当に自分が料理を
作ることになるなんて。

　びっくりして倒れた日のことが懐かしい。ほんの一ヵ月
前の話なのに。

　みんな、私が作るものを本当に美味しそうに食べてくれ
て。

　そして、唯十くんだけじゃない。

　麻飛くんや曜さん、相良くんのよさもたくさん知れて。
みんなのことが大好きになった。

　芸能人としてじゃない。ひとりの人として。

　みんなとの楽しかった出来事を思い出していると、外の
景色が涙で歪む。

　私のご飯を食べて笑顔になるみんなの姿も、一緒にホ
ラー番組を見たときの子供っぽく騒ぐところも、バーベ
キューや花火ではしゃぐところも。

　テレビの画面越しではない彼らも、本当に素敵な人たち
だった。

　もっと……一緒にいたかった。

　そんな風に思うのは、わがままだろうか。

「……ごめんね、純恋ちゃん」

　私の涙をすする音が聞こえたからか、宗介さんの申し訳

なさそうな声が耳に届く。

「えっ、なんで……宗介さんが謝るんですかっ、私、宗介さんには感謝しかないのにっ」

　こんな経験、普通に生きててできることじゃないもん。

　人生最悪の出来事だと後悔していた失恋を、してよかったって思えるくらいには、宝物みたいな日々だった。

「余計、苦しい思いさせちゃったかなって。励ますつもりでつれてきたのに、結果、また悲しい思いにさせちゃったかなと……」

　違うよ。宗介さん。

　翔のときとは違う。

　彼らと離れても、今の私には心がポカポカになる思い出でいっぱいだ。

　相良くんのことだけが心残りで、まったくなんの後悔もないのかと聞かれたら嘘になるけど。

　それでも、シェアハウスに来たことが、私が前を向くきっかけになったのは事実だから。

「みんなと過ごせなくなるのはやっぱり寂しいですが、悲しくなんてないです！　最高の思い出でいっぱいですから！　宗介さん、本当にありがとうございました。明日からの新学期、笑って登校できます！」

　私が涙を拭ってそう言うと、宗介さんの涙をすする音もわずかに聞こえて。

「ありがとう、純恋ちゃん。彼らにとっても、純恋ちゃんはとってもいい影響になったよ」

そう言ってバックミラー越しで目が合った宗介さんが笑ってくれた。

私の、最高にキラキラした夏が終わる。

新学期が始まって一週間が過ぎ、平凡な日常が戻ってきていた。

クラスの友達と何気ない会話をして、自分で作った弁当をお昼休みに食べて、「純恋の卵焼きは格別！」と褒めちぎってくれる友達に卵焼きを取られて。

夏休み前と変わらないやりとり。

大きく変わったことと言えば、廊下で幼なじみの翔とすれ違っても、前みたいに苦しくなかったということ。

でもその代わり、授業で夏休みの宿題を提出したときに、相良くんに色々と手伝ってもらったことを思い出して、胸がギュッと苦しくなった。

放課後、グループのみんなと遊ぶときも、街中で聴く曲や広告はエンプや〈それ宙〉のもので溢れ返っていて。

あの一ヵ月は夢だったんじゃないかと本気で思ってしまうほど。

相良くんの言う通り、私は特別なんかじゃない。

ただの一般人で、彼らとは住む世界が違う。

今年の夏が、最初で最後。

あんな経験もう二度とできないだろうし、もうみんなと会うこともないんだろう。

……相良くんと、歌うことも。

　グループのみんなと放課後の寄り道を楽しんだあと、そんなことを思いながら、とぼとぼとひとりで家に向かって歩いていると。

　私の家の前に、見覚えのある黒塗りのセダンが停まっていた。

　あれって……。

　急いで家の扉を開ければ、見覚えのある靴が二足、玄関に綺麗に並べられていた。

　嘘……。

　これって……。

「唯十くんほんっと顔が綺麗ね！　あ、ケーキお代わりあるからね！」

　っ!?

　ママの弾んだ声がリビングの方から聞こえて、耳を疑った。

　……今、唯十くんって聞こえたような。

　我ながらもっと上品に歩けないのかと突っ込みたくなるバタバタとした大きな足音で、賑やかな話し声がするリビングに向かうと。

「あら、純恋おかえり！」

　テンションMAXのママの声が響いた。

「な……なんで」

　目の前に見える光景に固まってしまう。

　嘘でしょ。

　やっぱり本物だ。間違いない。

なんで……唯十くんがうちにいるの!?

あの唯十くんが、私の家のソファに座ってお茶を飲んでいる。

そしてその隣には、宗介さん。

げ、幻覚!?

目を擦って見てみるけど、そこにはやはり唯十くんがいる。

「一週間ぶり、純恋ちゃん！　お邪魔してます。急にごめんね。元気だった？」

「げ、元気ですけどっ、あの、なんで……」

こんなの当然パニックになってしまって言葉なんて出てこない。

「もう純恋ったら固まっちゃって！」

ママが私の隣で色々と話しているけれど、それも聞こえなくなるぐらい、衝撃すぎて。

だって、こんな風に会えるなんて思っていなかったから。

さっき、街の大きなスクリーンで彼を見たばかりだ。

一体なんでこんなところに……。

「純恋ちゃんと、デートしたくて」

バチッと目が合った瞬間、唯十くんが爽やか笑顔でそう言った。

「え？」

ずっと頭が大混乱の中、ママにもぐいぐい背中を押されて、私は言われるがまま、宗介さんの運転する車に乗り込んだ。

えっと……。

デート……とは。

私の知っているデートと、彼の言ってるデートは果たして同じ意味だろうかと考える。

推しに、デートに誘われてしまうなんて、そんなことあっていいのだろうか。

「ごめんね、純恋ちゃん。急に押しかけて」

「いや、それは全然……ただ、すごくびっくりして。もう、唯十くんとはこんなふうに直接会えないと思っていたから……」

この状況が信じられなくて、心臓がうるさい。

一週間経って、自分がどれだけすごい空間にいたのか再認識したタイミングでこんなことが起こってしまっているんだから。

「さすがにあんなにお世話になったのに、ちゃんとお礼しないのもね」

「いや、お世話って……私はなにも！　大好きな唯十くんと同じ空気吸って過ごしてたって事実がもう……」

「その大好きって、どういう意味の大好き？」

「へ……」

安定の柔らかスマイルで言われたはずなのに、なぜか一瞬、ヒヤッとしてしまった。

なんだろう、今の……。

「唯十、純恋ちゃんのこと困らせないでな」

すかさず、運転中の宗介さんがそう言って「わかってる」

といつもの笑顔で言う唯十くんが、突然ギュッと私の手を握って。

「ちょっとでいいから付き合って？」

　と続けた。

　車に乗って数十分。

　走っているのは木々が生（お）い茂（しげ）る山の中。

　一体この奥に何があるっていうんだろうか。

「あの……ここは……」

　遠慮がちに聞いて見ると、宗介さんが先に口を開いた。

「街だとバレて騒がれる可能性があるから。こういうところでしかくつろげなくて。ごめんね」

　あ、なるほど……。

　そうか。

　唯十くんみたいに、日本に知らない人はいないってぐらいの超有名アイドルだと、人が少なそうなこういう場所で会う方が安全なのか。

　そうだよね。危険なファンもいたみたいだし。あんな迷惑行為をする人なんか、ファンとは呼べないけど！

「さ、着いたよ」

　さらに数分経って車が停車した先に、自然に囲まれた建物が一軒ぽつりと建っていた。

「お忍び限定のカフェといったところかな」

「お、お忍び……」

　そのフレーズになんだかドキドキしてしまう。

「じゃあ、一時間後、かな。僕はここで休んでるから。ふたりで楽しんできて」

「え」

「よし、時間ない。行くよ、純恋ちゃん」

「あ、ちょ、唯十くん！」

　運転席に座ったままの宗介さんを置いて、唯十くんが私の手を引いて車から出る。

　時間ないって、そりゃ、大忙しの唯十くんはそうなんだろうけど。

　突然、推しに手を引かれるのは、心臓に悪いですから！

『隣に牧場もあるんだ』

　唯十くんに手を繋がれたままそう言われてやってきたのは、子ヤギや子牛のいる牧場。

　さらに奥にある小屋に乳牛がいて、そのミルクを使った濃厚ソフトクリームをさっきのカフェで食べられるんだとか。

「うわっ、かわいい……」

　柵（さく）に近づくと、子ヤギが寄ってきてすごくかわいらしい。

　相良くんは、動物とか好きなのかな……。ちょっと苦手そうだけど。

　って。

　なんで今、相良くんのことなんて。

　目の前に推しがいるのに、しまっておくと決めた彼への想いがいちいちチラつく。

　それでも、憧れの唯十くんと一緒に動物に触れて、エサ
をあげたりたわいもない会話をして。

　それはすごく楽しくて。

　あんなに遠いと思っていた彼とこうしているなんて。過
去の私に言ったって絶対信じてもらえないよ。

　でも……どうして唯十くんが私とこんな風に過ごそうと
思ったのか、理由がわからないまま。

　牧場ののんびりした時間を少し楽しんでから、カフェの
方へ戻って早速ソフトクリームを注文して。

　特等席があるから、と唯十くんに案内されたのは、カフェ
の裏にある大きなテントだった。

　グランピングっていうんだっけ……。

　こういうの。

　テレビや雑誌なんかでしか見たことない景色に胸が高鳴
る。

「すごい……こんなところ、初めて来た……」

「中に入って食べよ」

「う、うんっ」

　テントの中には大きなソファにふかふかそうなクッショ
ンがいくつか置かれていて、ローテーブルもある。

　家の中みたいだ。

　テントとは思えない。

　中に入って、隅々まで見てしまう。

　小さな家具なんかもすごく可愛らしい。

　ソファに唯十くんと並んで座りながら、ソフトクリーム

を堪能する。

　ソフトクリームも食べ終わり、そろそろ宗介さんの待つ車へと戻った方がいいんじゃないかと思っていると、「純恋ちゃん」と改まったように唯十くんに名前を呼ばれた。

「は、はいっ」

「……俺ね、純恋ちゃんが来る前は、自分はアイドルに向いていないって感じるようになってたんだ。辞めた方がいんじゃないかって」

「え……」

　唯十くんがアイドルを辞める、そんなこと考えたこともなかったから、本人の口からそんなことを思っていたなんて事実を聞いて、なんて言っていいのかわからない。

　いろんなメディアで唯十くんを見ていたけれど、そんなこと微塵も感じさせなかったし。

　だから、悪い意味で今、心拍数が上がった。

「でも、純恋ちゃんのおかげで、アイドルがなんなのか、知ることができた。今の俺がいるのは、純恋ちゃんのおかげだよ」

「わ、私!?」

　唯十くんのために私が何かした記憶なんてまるでないから、自分のおかげだと言われて信じられなくて声が出た。

「ファンだって言ってくれてる純恋ちゃんに対してこんな話をするのもどうかと思うんだけど。一時期、自分を応援してくれてる人への不信感みたいなのがどうしても拭えない時期があって」

　いつも目を合わせて話してくれる唯十くんが今は私から目をそらしたままなので、それが相当、しんどい時期だったんだとわかる。

　そして、きっとその原因は……。

「シェアハウスに押しかけてきたファンの方が原因、ですか？」

　恐る恐るそう聞けば、唯十くんが目を開いてこちらを見た。

「なんで……純恋ちゃんがそれ……」

「すみません。曜さんから聞きました」

「そっか……曜くん、純恋ちゃんにあの話したんだ」

「あ、その、私が落ち込んでいたのを励ますために、話さざるを得なかったと言いますか……曜さんは悪くなくてっ」

　勝手に話を聞いたことを申し訳なく思って謝ると、唯十くんに「どうして純恋ちゃんは落ち込んでいたの？」と聞かれたので、曜さんに話したように、相良くんに言われたことを唯十くんにも話した。

「雫久、そんなこと言ったの。ごめんね」

　全部を聞いた唯十くんが謝るので、ブンブン首を横に振る。

「謝らないでください！　今思うと、相良くんは唯十くんを守るためにそう言ったんだなって。だから、いち唯十ファンとしてもありがたいというか！」

　初めの相良くんは私への警戒心も強くて、愛想のない
ちょっと性格に難ありな人なのかと思っていたけれど、あ
れは相良くんなりにシェアハウスを守ろうとしていただけ
なんだって今ならわかるから。

　友達思いの優しい人。

　そう思うと、また好きが溢れてしまう。

「うん。そうだね。……純恋ちゃんのそういう純粋に物事
考えられるところにすごく救われる」

「純……粋……」

　自分ではあまりよくわからない。

　褒められて、いるの、かな？

「純恋ちゃんが、うちに来て幼なじみとのことを話して泣
いた日があったでしょ？」

「あ、はい……その節は本当に……」

　醜態を晒してしまって申し訳ないと頭を下げようとした
ら、唯十くんが笑いながら首を横に振る。

「あの日のおかげだよ。アイドルとしての入野唯十を取り
戻せたのは」

「嘘……」

　と心の声が漏れると「本当」とすぐ返ってきた。

「涙を流した純恋ちゃんを見て、素直に、この子を元気づ
けたいって思った。そしてライブを見て喜んでくれた純恋
ちゃんを見てハッとさせられた。俺の仕事はこれだって。
落ち込んでいたり、苦しんでいたり、少しでもそういう人
の支えになれるアイドルになりたいって明確に思えたん

だ。それは紛れもない、純恋ちゃんのおかげだよ」

「そんな……私……」

　大好きなアイドルに、そんなことを言ってもらえるなんて。幸せ者すぎる。

　そして、そんな風に考えられる唯十くんこそやっぱりアイドルが天職だと心の底から思う。

「だから、純恋ちゃんにはこれからも俺のこと見守ってて欲しいなって」

「もちろんっ!!　そんなの当たり前です!!」

　私はこれからも、ずっと唯十くんのファンだから。

「じゃあ、俺の彼女になってくれる？」

「え？」

　ん？

　今、何か聞こえた。

　彼女とか、なんとか。

　えっと……。

「彼女っていうのは、つまり……」

「恋人になるってこと」

「え、な、なななんで!?」

　唯十くんの衝撃的発言にのけぞってしまう。

　いくら冗談でも、言っていいことと悪いことがあるよ、唯十くん……。

「さっき話した通りだよ。純恋ちゃんは俺にとって特別な存在だから。これからは一番近くで俺のことを見てて欲しいって思う」

「な、そんなっ」

　あまりにもまっすぐな瞳で言うから、冗談じゃないのかもしれない、と思う。

「純恋ちゃん、俺のこと好きだって言ってくれていたよね?」

「っ、それは……」

　唯十くんのことは大好きだ。

　でもそれはアイドルとして。

　恋愛感情なんて……。

「俺も、純恋ちゃんのことが好き。ほら、俺たち今、両想いだよ」

　推しと『両想い』そんな世界線があっていいのだろうか。

　ありえない。

　でも、ギュッと握られた手は温かくて、唯十くんの温もりを感じる。

　現実に、起こっているんだ。

　ずっと大好きだったアイドルに、一番の推しに、好きだって、恋人になってなんて言われている。

　夢みたいなこんな状況、前世でどれほど徳を積んだら起こるんだ。

「純恋ちゃん」

　すごく優しい声が私の名前を呼んで。

　彼の手のひらが私の頬に触れて、目を合わせられる。

　バチッと視線が絡んだ瞬間、ドキンと大きく心臓も跳ねて。

徐々に、唯十くんの整った顔が近づいてくる。

これって……。

唯十くんが好きだ。

彼のパフォーマンスや歌に、ずっと助けてもらっていた。

優しい声も、笑顔も。全部。

私の中ですごく大切。

でも……。

「……っ、ご、ごめん、なさい」

サッと視線を下に落としてそうつぶやいた。

喉が熱い。

さっき、ソフトクリームを食べて冷やしたばかりだというのに。

唯十くんの顔が見られない。

「……謝るってことは、俺とは付き合えないってこと？」

「…………」

その質問に、しっかり頷く。

「俺に好きだって散々言っといて？　思わせぶりだよ。悪い子だね、純恋ちゃん」

聞き慣れない、唯十くんの乾いた笑いと低い声。

「……っ、それは、違っ……その、ごめんなさい、私……」

大好きなアイドルとふたりきりで過ごす特別な時間。

私の心にはずっと別の人がいた。

唯十くんにキスされそうになって、相良くんの顔が浮かんだ。

アイドルに対しての憧れから来る好意と、恋愛の好きは

全然違うことを知った。

　唯十くんへの好きの気持ちと相良くんへの好きの気持ちは、別物だ。

　いろんな感情が入り混じって涙となって溢れると、突然、空気がふわっと動いて、私の体は唯十くんの腕の中にいた。

「イジワル言ってごめんね。冗談だから」

「……うぅ……どっから、が」

　私のことを好きと言ったこと？

　思わせぶりだって言ったこと？

「それは、純恋ちゃんのご想像にお任せする」

　うっ。唯十くん、普段はものすごく穏やかで爽やかなのに。

　そんな言い方するなんてやっぱり意地悪だよ。

「ただ、俺にとって、純恋ちゃんも雫久もすっごい大切な存在だってこと」

　っ!?

　なんで……今、唯十くんの口から相良くんの名前が出てくるんだと、驚いて思わず顔をあげると、唯十くんが満足げに、いつもの爽やか笑顔で笑っていた。

「唯十くん……」

「雫久のこと、また助けてくれないかな？　純恋ちゃん」

「助けるって……」

　私が相良くんを助けたことなんて……。

「カイトくんの手、また引っ張ってよ。みーちゃん」

「え……」

　カイトくんって、私が昔一緒に花火をした男の子。なんで今その子の名前が……。

　しかも、『みーちゃん』は、その子が私をそう呼んでいて。

　なんで、唯十くんがその呼び方……。

この音を届けたい

　頭が大パニックの中、私は唯十くんに手を引かれて、宗介さんの運転する車に急いで向かった。

『今夜、〈それ宙〉のライブの初日』

　唯十くんは早足で車に向かっている最中にそう言った。

　……相良くんたちの、ライブ。

「宗介さん、出して！」

　車に乗り込んで唯十くんがそう言うと、宗介さんは「了解」と言って車を発進させた。

　行き先を伝えなくても、もうどこに行くかわかっているみたいに。

　唯十くんがどうしてカイトくんの名前を出したのか、私をみーちゃんと呼んだのか。

　わからないこと、聞きたいことはたくさんあったけど。

　今はそれよりも……。

『雫久、歌えなくなってるんだよ』

　唯十くんにそう聞いて、血の気が引いた。

　あの相良くんが、歌えなくなっているなんて。

　そんな状況の相良くんに、今、私が会って何ができるのかわからないけれど。

　とにかく今は必死に、無事に相良くんのライブに間に合うことだけを願った。

　なんとか無事に会場に着いて。

　宗介さん、唯十くんと共に急いで大きなライブ会場の関

係者入り口から相良くんたちのいる控室へと急ぐ。

　会うのが気まずいとか、そんなこと言ってられない。

　相良くんの一大事なんだから。

「こちらです」

　スタッフに案内してもらった一室の扉には〈それは宙にのぼる　相良雫久〉と記入された用紙が貼られていた。

　ゴクリと喉が鳴って。

　コンコンッとノックして先にドアを開けたのは、唯十くん。

「……はっ、唯十⁉　何しに……」

「純恋ちゃん、入って」

　なかなか部屋に入る勇気が出ないでいると、唯十くんに名前を呼ばれて、一気に緊張する。

　そんな私を見て、宗介さんが優しく肩に手を置いてくれて。

「大丈夫」

　と声をかけてくれたから。

　私は深呼吸をして控室に足を踏み入れた。

「え、丸山さん……？　なんで……」

　そりゃ、そうだ。

　一ヵ月限定でさよならだったはずの人間が、またこんな特別なところにひょこっと現れているんだから。一週間ぶりの相良くんを前にしてさらに心臓がうるさくなる。

「あ、えっと、その……唯十くんから、相良くんが歌えなくなってるって聞いて……その……」

「え？　なにそれ」

「へ？」

　ポカンとしている相良くんと目が合って、間抜けな声が出る。

　相良くん、今、なにそれって言った？

　心配させないようにとか、強がって隠している感じにしては少し違う気がする。

「唯十、お前……」

　と何かを悟ったように相良くんが唯十くんを見る。

「事実でしょ。純恋ちゃんいなくなってから、雫久の歌、なんにも響いてこないから。歌えなくなってるようなもんじゃん」

　っ!?

　え。

　ど、どういうこと!?

　何がなんだかわからない私をよそにふたりの会話は続く。

「何言って……」

「自覚してるくせに。純恋ちゃんが来る前は、何かを探し求めてるみたいな必死な歌い方が、聴く人にも刺さっててよかった。純恋ちゃんが来てからは、探してたものが見つかってそれを包み込んでるみたいな柔らかい歌い方になってて。でも、今はどれも違う。何もない。空っぽだよ。リハーサル見て思った」

　唯十くん……。

「…………」

　いつも唯十くんには言い返しそうなイメージの相良くんが、今は何も言わず黙り込んでいる。

　図星……なのかな。

　どうしよう。

　まったく歌えないわけではないことに少しホッとしながらも、唯十くんの言っていたことが気になって。

　空っぽなんて。

　曲を作ることと歌うことが大好きな相良くんがそんなこと言われちゃ、たまったもんじゃない。

　私は……私は今の相良くんのために何ができる？

　考えて考えて。

　体は勝手に動いていた。

　座る相良くんの前に立って、その両手を取って優しく握ると、彼の手が震えていたのがわかった。

　唯十くんの言う通り、表面上歌えていてもこのままだと彼の心がしんどいままだったと思う。

「丸山さん……？」

　そう私を見上げる相良くんがいつもよりも幼く見えて、弱々しくて。

　守ってあげたいって思った。

「私、相良くんの作る曲も、相良くんの歌ってる姿も、本当に本当に大好きだよっ」

　相良くんみたいに素敵な歌詞を書く才能は私にはないけれど。

　想いは伝わって欲しい。

「……っ」

「相良くんのこと、見てるから。……待ってるからっ」

　力強くそう言うと、我慢していた一筋の涙が頬を伝った。

「うわっ……すごい……」

　あたりを見回して思わず声が漏れる。

　エンプの煌びやかなライブとは違って、落ち着いた大人の色気を感じさせるセットに、胸が高鳴る。

　動画サイトに上がっていたライブ映像をいくつか見ていたけれど、やっぱり生は会場の大きさもお客さんの多さも実感できてステージの迫力も全然違う。

　お客さんも、大人っぽいお洒落で綺麗な女性やカップルが多くて、こんな素敵な方たちを虜にしちゃう〈それ宙〉はすごいなと……。

　帽子とマスクで変装した唯十くんと共に、ライブ会場の関係者用の席に着いて。

　数週間前に、相良くんと一緒にエンプのライブに行ったことを思い出す。

　あのときステージで歌って踊っていた唯十くんと、今度は相良くんのライブを観ることになるなんて。

　……相良くん、無事に歌えるかな。

　少し不安になりながらステージをジッと見つめていると。

　ポンと優しく肩に手が置かれた。

「純恋ちゃんが来たからもう大丈夫」

　唯十くんは変装中のため、表情がちゃんと見えないけれど、今の声だけでも、いつもの笑顔を見せてくれているんだろうってわかるから、心配していた気持ちが落ち着いて。

「はいっ」

　唯十くんのセリフを信じて力強くそう言ったタイミングで、バンッと会場の照明が消えた。

　ライブが、始まる——。

　宙にちなんだ素敵すぎる開幕の演出に、全身鳥肌が立った。

　照明の入り方も、音響も、スクリーンの映像も、何もかもが緻密。

　ものすごく丁寧で綺麗で。

　迫力、というよりもその繊細さに息を呑んだ。

　オープニングのあと、〈それ宙〉のメンバーが登場して、そのまま代表曲を披露する。

　ステージの真ん中に立ってギターを持ち、スタンドマイクに手を添える彼——相良くん。

　普段シェアハウスで見ていたときより何十倍も大人びていて輝いていて。

　彼が歌い出した瞬間、一気に会場に風が吹いたような感覚に、心が震える。

　すごい……相良くん、すごいよ。

さっきまで弱って見えていたのに。

さすが……これがプロなんだ。

ちゃんと届く。胸に入り込んでくる。

空っぽなんかじゃない。

というか、今まで聞いてきた相良くんのどの歌声よりも今日が一番な気がする。

歌唱力や表現力は圧巻。

会場全体が、相良くんの歌声とメンバーの奏でる音に包まれる。

近くにいるファンの子達も、ほとんどが彼の歌を聴いてすすり泣いていた。

私も同じように感動するのと同時に、彼がものすごく遠い存在であることを改めて知って苦しくもなる。

手を伸ばしても、全然届かない距離。

相良くんが歌えば歌うほど、会場の熱気が増してその気持ちは強くなっていく。

エンプのライブに参加して唯十くんを見てもそんな風に思わなかったのに。

相良くんが数曲を歌い終わって。

感動とともにどこか黒い感情が心に残ったままの自分に嫌気がさして、ギュッと拳を握ったときだった。

「……次の曲は、まだ披露したことのない、みんなの前で初めて歌う曲です」

え……。

「新曲ってこと？」

「やばいって、サプライズすぎ！」

「泣く」

相良くんのセリフに会場が少しざわつく。

「聴いてください。『夕日隠れ』」

っ!?

その瞬間、ベースの音が響いて、すぐにわかった。

これ……私と一緒に歌った曲だ。

熱を出して、相良くんの歌声が子守唄になってくれてよく寝られたあの日を思い出す。

……ここで、歌ってくれるなんて。

アコースティックギターひとつで奏るメロディしか知らなかったから、ベースやドラムの音も加わって進化して迫力の増したその曲に、また心奪われる。

夢中になって聴いていたら、あっという間で。

相良くんが歌い終わったあと、会場はうっとりとした雰囲気が漂っていた。

それも無理はない。

相良くん……ものすっごく曲を愛おしそうに歌っていたから。

やっぱり、彼の曲をずっと聴いていたい。

そう心から願ったとき、相良くんがマイクを通して話し出した。

「……実はもう一曲、届けたい曲があって。歌ってもいいかな」

相良くんが観客にそう問うと、わー!!　という大きな歓

喜の声と拍手が響いて。

「ありがとう」

　相良くんは嬉しそうに会場を見渡してから、スタンドマイクに手を添えて息を吸った。

「俺の大切な思い出を綴った曲です。『白昼夢』」

　……あれ、この曲……。

　静かな優しいイントロ。

　どこかで聴き覚えがあった。

　これって……。

　眠っていた記憶が、曲によってふたたび呼び起こされる感覚。

　嘘……。

　ずっと昔。

『♪～♪～♪』

『カイトくん、その歌素敵だね！　なんの曲？』

　浜辺を歩いていると、隣から聴こえてきた素敵な鼻歌の音色に反応した。

『……作った』

『えっ？』

『僕が作った歌だよ。まだ歌詞はないんだけど』

『え！　カイトくんが!?　すごいねっ!!　もし歌詞ができたらそのときは私も一緒に歌いたいっ』

『うんっ、みーちゃんも一緒に歌おう』

　そう言って照れたように微笑んだ彼──カイトくんの顔。

──今、思い出した。

まさか……。

相良くんが、カイトくん──!?

『白昼夢』

夢を見てるみたいだった

いや　夢だったかな

曖昧な　ほど　昔の話

なんだけどさ　不思議だよ

覚えてるんだ　全部

波の音も　手の温もりも

あの日　僕の中で聴こえた　恋の音

鳴らしたのは　キミなのか？

夢を見てるみたいだった

夢だったかな　いや

奇跡みたいな　ほんとの話

どうしてかさ　ほっとけなくて

欲しいんだ　全部

笑い声も　キミの熱も

あの日　僕の中で聴こえた　恋の音

鳴らしたのは　キミだから

　相良くんの歌う歌詞が、ステージのスクリーンにも表示されて、それを目で追いながら。

　明確に、全部──思い出した。

「わー懐かしい……」

　駅のホームに降りた瞬間、潮の匂いを含んだそよ風が肌に触れる。

「あれから来てなかったの？」

「何回かは来てたんだけど、小五のときにおばあちゃんが亡くなってからは、それっきりかな」

「そうだったんだ……ごめん、俺何も知らなくて」

「相良くんが謝ることないから！」

　〈それ宙〉のライブを観にいった日から数日後の土曜日。

　私と相良くんは、私たちが初めて出会った田舎へやってきた。

　駅までは宗介さんに送ってもらって、電車にはふたりで乗って。

　あれだけたくさんのファンに愛されている相良くんのことだから、人混みに行くとバレちゃうんじゃないかとヒヤヒヤしていたけれど。

　やっぱり相良くんはオーラを消す天才で。

　マスクを一枚してるだけで大丈夫だった。

　ふたりでよく遊んだ海までの道を歩きながら、どんどん思い出が蘇る。

「あ、この木、丸山さんが上ろうとして俺注意したんだよ」

　歩いている途中、大きな木を見つけて相良くんが立ち止まった。

「あはっ、そうだそうだ！　泣きそうになりながら必死に止めようとするカイトくんの姿がちょっと面白くて……」

「なにそれひどい」

「ごめんって！」

『カイトくん』

　そう言いながら、私の中で疑問が湧く。

「相良くん、なんであのとき、自分の名前はカイトだって言ったの？」

　そう聞くと相良くんがスッと目をそらした。

「それは……」

　小さくなる相良くんの声に耳を傾ける。

　心なしか頬が少し赤くなってる気がした。

「……雫久って名前が嫌で。学校で『女みたい』ってからかわれたことがあって。その、丸山さんには、カッコつけたかったんだと思う」

　カッコつけ……。

　そんな理由で……。

　も、ものすごくかわいいっ!!

　今の相良くんからは想像もできないセリフすぎて、ジッと彼のことを見てしまっていると。

「んな目で見んな」

「あっ、ちょっ！」

　ちょっと雑に彼の手のひらが私の視界を覆い隠した。

　……恥ずかしがっているのかな。相良くん。

「ていうか、丸山さんこそ、自分は自己紹介しないままだったもんな」

「えっ!?　そうだっけ!?」

「そうだよ。俺の名前だけ聞いて満足してすぐカニ探し始めた」

「カニっ」

　懐かしすぎて思わず吹き出す。

　テキトーな冗談しか言わないおじいちゃんの話を真に受けて、四つ葉のクローバーを探す感覚でカニを探していたっけ。

「だから俺、おばさんが丸山さんのこと『みーちゃん』って呼んでるの聞いて、それから真似して呼ぶようになったんだよ。改めて名前聞くのもなんか恥ずかしくて」

「そうだったんだ。かわいいね、昔の相良くん」

　思わず漏れた『かわいい』にまた相良くんの顔が赤くなる。

「純恋って名前であだ名がみーちゃんなのもちょっと珍しい気がするけど」

「だよね。うちのおばあちゃんの名前が『スミ』だったから、こっちでは『みーちゃん』って呼ばれてたんだ。最初、おばあちゃんがしょっちゅう自分が呼ばれてるって間違えちゃうこと多くて」

「なるほどね……」

　お互いにそんな偶然が重なって、本名を知らないまま。

　十数年の時が経って、音楽を通して大切な思い出を思い出すことができて。

　なんとも言えない温かい気持ちに胸がいっぱいになる。

「着いた」

　相良くんが声を発した方に目を向ければ、そこには青い空と海が視界いっぱいに広がっていた。

　太陽の日差しを浴びて、キラキラと波打つ海。

「わー!!　あのときのままだ!　私たちはこんなに大きくなったのにね!」

　嬉しさではしゃいでよくわからないことを口走ると、マスクを取った相良くんが「なにそれ」と笑って。

　キュンと胸が鳴った。

　景色は何にも変わっていない。

　ここにまた相良くんと来られたことがすごく嬉しくて。

　私たちは当時のようにふたりで砂浜を歩いて腰を下ろした。

「丸山さんの笑顔も、この景色と同じ。ずっと変わらない」

　相良くんが海を見つめながらそうつぶやいてこちらを見た。

「……え?」

「初めてここで丸山さんと出会って、歌を褒めてもらって。だから俺、歌手になろうって決めたんだ。丸山さんにとっては何気ない言葉だったかもしれないけど、俺にとってはすごく嬉しくて」

「へ……本当に?」

　あのときの私の言葉がきっかけなんて……。

　そんなこと言ってもらっていいのだろうか……。

「うん。だから、丸山さんがいなかったから〈それ宙〉は結成されてないし、この間のライブだってもちろんできて

ないから。……俺、丸山さんに助けてもらってばっかりだよ」

"ありがとう"

　目を見て真っ直ぐ、相良くんがそう言った。

「俺の人生であの日丸山さんに出会ったことは、一番大きな出来事で。なのに、丸山さんは俺のことなんて忘れてて、唯十の大ファンになってて……嫉妬してた」

　嫉妬……。

　好きな人にそんなことを言われて、嬉しくない人がいるだろうか。

　相良くんには申し訳ないけど、にやけそうな口元を必死で押さえる。

　いつも基本的にクールな相良くんだから、そんな彼が嫉妬って言葉を口にするなんて。

　私だって、女優さんとお芝居している相良くんや、ライブでたくさんの綺麗な子たちに囲まれている相良くんを見て嫉妬したけど。

　同じ気持ちに少しでも相良くんもなってくれたのかなって思うと嬉しくて……。

「丸山さんと過ごすうちに、どんどん気持ちが大きくなっていって……」

　相良くんの言葉に、トクトクと心臓の音が速くなる。

「酔ってあんなことして、嫌われたと思って。でも嫌われたくなくて。だから、忘れて欲しいなんて言ったけど……」

　相良くんの手が伸びてきて、私の手を握る。

「あれ、本心だから」

「……っ」

　グッと相良くんの顔が近くなって、さらに心臓がうるさくなる。

「嫌いになった？」

　そう言われてブンブンと首を横に振る。

　嫌いになんてなるわけない。

　だって、私は……。

「なるわけないよっ……嬉しかったんだもん、私っ」

「えっ……」

　相良くんも、歌で伝えてくれたから。

　私だって。

「確かに、唯十くんの大ファンだよ。けど、唯十くんはアイドルとして、芸能人としてリスペクトしてて好きで。でも……相良くんは、違う。……全然違う、その……」

「どう違うの？」

　お互いの吐息がかかりそうな距離で、甘く囁くように聞く相良くんはずるい。

　けど、この気持ちはもう溢れて止まることを知らないから。

「……もっと、触れたいって思う」

　私が勇気を出してつぶやけば、目の前の彼は一瞬目を見開いてフッと笑ってから。

「……俺も」

　そう言って私の唇に優しく唇を重ねた。

　ゆっくり離れてからふたたび視線が絡むと、大きな手が私の頬に触れて。

「丸山さんが好き。昔も今も。ずっと、会いたかったよ」

　その真っ直ぐすぎる言葉に、鼻の奥がツンとして視界がぼやける。

「……っ、こんな私を好きになってくれて、ありがとうっ。私も、相良くんが好きっ」

　もう一度、恋をするのが怖かった。

　けど。

　もう一度、恋をしてよかった。

　相良くんを好きになって、出会えてよかった。

　そう思えるのは、曜さんや唯十くんや麻飛くん、素敵なシェアハウスのメンバーのおかげでもあって。

　幸せで胸がいっぱいだ。

「……俺と付き合ってくれる？」

　大好きな人と両想いになれるなんて奇跡に、もう涙が溢れて止まらない。

　何度も頷けば、相良くんが笑いながら私の涙を拭ってくれて。

「よかった。これからからよろしく」

　そう言った相良くんが私の手に小さな箱を差し出してきた。

「えっ……なにっ!?　開けていいの!?」

「びっくり箱かもしれないから慎重に」

「それ開ける前に絶対言っちゃダメなやつじゃん！」

　相変わらずわかりにくい冗談に、泣きながらツッコんで恐る恐る箱を開けてみれば。

　可愛らしいスミレのネックレスがキラッと光っていて。

「うわっ……なにこれ、すっごく可愛いっっ!!　こんな素敵なもの……もらっていいの!?」

「俺が丸山さんに着けてて欲しいの」

　サラッと甘いこと言うんだから。

「うっ……ありがとうっっ！」

　さらに私の涙腺が崩壊してしまった。

「丸山さんはもう、俺だけの丸山さんだから。これ着けたら、拒否権ないからね？」

　そんな相良くんのセリフに、

「喜んでっっ!!」

　そう泣き笑いながら返事をした。

恋の音は今日も

　相良くんと無事に付き合うことができて、二週間が経とうとしていた。

　あれから、メッセージのやりとりや電話が毎日続いているけれどなかなか直接会えていない。

　〈それ宙〉はメディアへの露出がさらに増えて。

　相良くんはなんと、映画主演まで決まってしまったらしくて。

　とにかく、私がシェアハウスにいた頃よりもすごく目まぐるしい毎日を過ごしている。

　そんな中、仕事が忙しくてまともに食事をとっていない相良くんを見かねた宗介さんが昨日、私に連絡をくれた。

　『明日、雫久が久々の休みで家にいるから、よかったらご飯あげに来てくれないかな？　純恋ちゃんの手作りなら喜んで食べると思うから』と。

　正直、相良くんに会いたくてうずうずしていたので、私にとっては嬉しすぎるお話で。

　今日の朝、早速いろいろ作って重箱に詰めてから宗介さんの迎えを待って、今無事にシェアハウスの玄関前に着いている。

「じゃあ、俺はすぐ行かないといけないから、純恋ちゃん、雫久のことよろしくね！」

　『今日は雫久以外誰もいないからさ』なんて付け加えて、宗介さんは早足で行ってしまった。

　久しぶりのシェアハウスにドキドキしながらドアを開けて、キッチンで手を洗ってから早速相良くんの部屋へと向

かう。

　──コンコンッ。

「はーい」

　と相良くんのちょっと力のない声。

　やっぱり、ちゃんとご飯食べてないのかな。

　心配だ。

　今すぐ食べてもらわなきゃ。

　そう思ってすぐに扉を開けると。

　ローテーブルで台本を読んでいた相良くんと目が合った。

「えっ、純恋？！」

「ごめんね！　突然押しかけて、その……」

　相良くんに『純恋』と呼ばれることに慣れていなくて、と言うか、直接呼ばれるのは相良くんが酔っ払ったとき以来でドギマギしてしまう。

「宗介さんから、相良くん、ちゃんと食べてないって聞いて」

「え……もしかして、それ、純恋が作ってきてくれたの？」

「うん……」

　とりあえずここ座って、と言われて部屋に入ってから、重箱をローテーブルに置く。

　今さらながら、作りすぎたかもと若干後悔してるけど。

「ごめんね、久しぶりで張り切って作りすぎちゃって」

　あはは、と笑ってごまかすけど、相良くんは弁当の大きさにびっくりしてるのか固まったまま。

　どうしよう。引かれた!?

「あ、ごめん！　無理して食べなくてもいいんだけど！
その心配——」

　相良くんの隣に座りながらそう言うと、グッと手を引か
れて。

　そのまま唇を塞がれてしまった。

「なっ……」

　自分の顔が赤くなっているのがわかるぐらい熱くなって
しょうがない。

「無理なわけない。全部食べるから。今日はまだだけど、
一応ご飯はちゃんと食べてるよ」

「えっ!?　じゃあなんでっ」

　そう言われてみれば相良くんが痩せたようには見えな
い。

　顔色は少しよくない気がするけど。

　宗介さんは全然食べられてないってまるで相良くんが餓
死寸前かのように話してたよ!?

「ハメられたね」

「えっ」

「宗介さんなりに気づいてたんだろうね。俺が、圧倒的に
純恋不足ってこと」

「な、なに言って」

　純恋不足って、いちいちキュンとさせないで欲しい。

　私だって、生身の相良くん不足だよ。

「まずこっち堪能してからご飯にする」

　っ!?

「ちょっ!!」

　相良くんは突然私をベッドに押し倒すと、ニッと片方の口角を上げてそう言った。

　いやいや堪能って!!

「や、私は相良くんにご飯をあげに来ただけで」

「……ふーん、純恋はこの二週間俺と会えなくて平気だったんだ」

　っ!?

　あからさまに不機嫌な顔でそう言う相良くん。

「そんなわけないっ!　私だってすっごく会いたかったよ……」

「じゃあ、いいじゃん。今日一日みんな遅くまで帰ってこないし。ゆっくりすれば」

「……っ」

「今日だけ」

　相良くんはそう一言つぶやくと私のことをそのまま抱きしめた。

　今日だけって……。

　なにそれ。

「……今日だけなの?」

「なにその聞き方。煽ってる?」

　耳元に相良くんの吐息混じりの甘い声が届いて、ふわふわする。

「……あお、ってる」

「うわ……悪いな」

「だって相良くんがっ！　──っん」

　言い返そうと顔を上げると、ふたたび唇を塞がれて。

「……まじで今日、帰さないよ？」

「……いいよ」

　そう答えれば、今度はさっきよりももっと深いキスが降ってきた。

　生暖かいものが口の中に侵入してきて。

　知らなかったその大人な甘さにおかしくなってしまいそう。

　何度も角度を変えながら、口の中全部相良くんに支配されて。

「……んっ」

　キスをしながら、相良くんの手が私の肌に触れて。

　彼の手がすべるたびに、電流が走ったみたいに体が反応して。

　恥ずかしいのに、見逃さないで欲しくて。

「……相良、くん」

　自分じゃないみたいな声が出て。

　熱くて変になる。

「……雫久」

「へっ……」

　相良くんの唇が離れて、私を見下ろす。

「なんでずっと相良なの。俺は純恋って呼んでるのに」

「……っ、だって、なんか、恥ずかしくて」

「今、名前呼ぶより絶対恥ずかしいことしてるのに。よく

言う」

「……うっ」

　イ、イジワルだ。

「呼んで。そしたら疲れ吹き飛ぶ。お願い」

　なんて、子犬みたいな潤んだ瞳で言うんだからズルすぎる。

　こんな甘えた彼を見れるのは、私だけがいいから。

「……雫久」

「うん」

「好き」

「……俺も純恋が好き」

　何度も彼に呼ばれるたびに、好きが積もって。

　これからももっと触れて触れられたいって思うから。

「……もっとして」

　全部溢れて、手を伸ばして、そう言って彼の頬に触れれば。

「言われなくても、そのつもり」

　またふたりの影が重なった。

　雫久のせいで、私の恋の音は今日も奏でられていて、愛おしくて仕方ない。

　優しくて甘くて、そんな真昼の話。

――END――

書き下ろし番外編

雫久と付き合いだして半年。

ひんやりとした冷たい空気が流れる二月上旬。

相変わらず忙しい毎日を過ごす雫久と、ようやく久しぶりのデートができることになった今日は、朝からママに服のコーディネートに付き合ってもらたりして、なんとか支度を済ませることができた。

オフホワイトの花柄のロングワンピースにアイボリーカラーの厚手カーディガンを羽織って、普段の私服よりもちょっぴり甘めに仕上げてみた。いつもふたつ結びの髪も今日は解いて。コテで巻いてハーフアップに。

ママにはすごく可愛いなんて褒められたけど、親なんてみんなそう言うだろうし。本当に似合っているかちょっぴり不安になりながらも、待ち合わせ場所であるうちの最寄り駅近くのカフェへと向かった。

店員さんに待ち合わせであることを伝えて店内を見渡せば、奥の席でメニューを広げている彼が見えた。

その瞬間、ドクンと大きく心臓が跳ねる。

こうして直接会うのは、二週間以上ぶり。

電話やメールはそれなりにしているけれど、声を聞くたびに会いたい気持ちは増してばかりで。

でもいざ実際にその姿を見ると、嬉しさと緊張でドキドキと胸がうるさくてしょうがない。

黒縁メガネにマスク。

紺のロングコートに身を包んだ彼の元へと向かう。

「お、お待たせっ」

　私の少し震えた声に彼の目線が上げられる。

　一瞬こちらを見て目を見開いたかと思えば、

「……っ、久しぶり」

　そう一言言った彼がすぐに目をそらした。

　え……。

　あれ？

　なんか、ちょっとよそよそしくない？

　渾身(こんしん)のコーデ。雫久に可愛いと思って欲しくて、少しでも見合う彼女になりたいと思ってメイクも頑張って、必死に準備したのに……雫久はこういうのあんまり好きじゃなかったのかな……。

　そう思いながら、彼の正面に座ってもう一度チラッと視線を向けて見ると。

　っ!?

　ナチュラルなストレートマッシュの下に見える雫久の右耳がほんのり赤くなっているではありませんか。

　そんな彼の顔は窓の外に向いていて、瞳はぜんぜんこっちを見てくれない。

「雫久」

　はっきりと名前を呼ぶと、やっと視線が交わって。

　突然、雫久がメガネを外して両手で顔を覆った。

「……あーヤバい」

「え、雫久？」

　余裕のなさそうな声は彼らしくない。

　一体どうしたっていうんだ。

　何かしたかなと思いながら様子のおかしい彼の名前をもう一度呼ぶと、顔を隠していた手が離れてわずかに潤んだ瞳が見えた。

　なんでそんな可愛い顔するの……。

　可愛いと思われたかったのは私のほうなのにそんな顔見せるなんてズルいと思っていると、大好きな声が静かに耳に届いた。

「……すごい可愛くてびっくりした」

「え……」

　今、彼の口から「可愛い」って聞こえた気がして、みるみるうちに自分の顔も熱を持ち出す。

　そう思われたくて頑張ったけれど、いざその通る甘い声で言われると破壊力が半端なくて、途端にドギマギしてしまう。

「その格好でひとりでここまで来たんだよね」

「う、うん」

　そう答えれば、「はぁー」なんてため息をつかれた。

「やっぱり今度からうちまで迎えに行く」

「え!?　なんで!?　いいよ！　そんな悪いって！」

「なんでって……そんな格好でひとりで歩かれたら気が気じゃないでしょ。変な男に絡まれたらどうすんの？　心配する。……俺は純恋の、彼氏なんだから」

「……っ」

『彼氏なんだから』

　自らのセリフに雫久がさらに耳を赤くしているのを見

て、それがこっちにまで伝染してしまう。

画面の向こうで、ライブ会場の真ん中でクールに歌う彼のこんな顔を見れるのは、私だけなのかなと自惚れてしまう。

付き合って半年だって思えないほど、こうして一緒にいるのがいつまで経っても新鮮で、彼のさりげない仕草や何気ない言葉に愛おしさが込み上げてくる。

私たちは、温かい飲み物を頼んでそれを飲みながら少しお互いの近況報告をした。

私の学校の話やシェアハウスのみんなの話。

飲み終えて、温まった体で外に出ると、ヒュッと冷たい風が肌を刺して体が震えてしまったので思わず腕を組む。

すると、優しいシャボンの香りが鼻を掠めてフワッと柔らかいものが私の首元を包んだ。

視界に入ってきたのは黒とグレーのタータンチェックのマフラー。

確か、さっき席を立った雫久がこれを手に持っていたけれど……と顔を上げれば、マスクで口元が隠れている彼の目元がわずかに優しく細められた。

「俺はコートもあるし。今日一日それしてな」

「え、でもっ」

それだと雫久も寒いんじゃ、大スターに風邪なんか引かれたら困ると思い断ろうとしたら、

「純恋から俺の匂いするの、嬉しいから」

なんて耳打ちされてしまって。

冷えた体がまたすぐに火照り出す。

どんな温かい飲み物よりも、雫久といるとすぐに体も心も温まってしまう。暑いぐらいだ。

そのまま右手がスッと握られて、落ち着いていた鼓動がまた激しく鳴り出す。

「……いや？」

そんな聞き方ズルい。

勢いよく首をブンブンと横に振れば、フハッとちょっと豪快に雫久が笑って、その表情にまた好きが溢れて。

私たちはお互いの手のひらの温度を分け合うみたいに繋ぎ合ったまま道を歩いた。

カフェを出てやって来たのは、この街で一番大きなのショッピングモール。

ここで、誕生日が近い麻飛くんへのプレゼントを選んで、そのあと一緒に映画を観る予定。

どんなプレゼントを買うかは前日から決まっていたので、麻飛くんの欲しがっていたサングラスを雫久が、麻飛くんが好きなアニメのイラストが描かれたマグカップを私が購入してひとつ目の予定を終えた。

その後、映画の開始時間まで他のショップを見て時間を潰していたけど、好きな人と過ごす時間ってあっという間だと感じる。

映画の上映時間がすぐやってきた。

映画館でも、席に座ってすぐ手が届く距離に雫久がいて

同じ映像を見ていることがすごく嬉しくて幸せで終始、胸がいっぱいだった。

「……もうそろそろ泣き止んでもいいんじゃない」

　無事に二時間の映画が終了してスクリーンにエンドロールが流れて周りのお客さんたちが次々と席を立つ中。

　雫久が少し困ったように眉尻を下げてそう言うけれど、私のこの涙はなかなかひっこんでくれそうにない。

　だって、すっごく切なくてでも主人公たちの相手を想う気持ちにすごく感動したんだもん。

「うぅ……」

　止めようとすればするほど、感動のシーンを思い出して涙が溢れて頬に涙が伝っていると。

「泣きすぎ」

　目腫れるよ?　と雫久の綺麗な指がこちらに伸びてきて、私の涙を親指のはらで優しく拭ってくれた瞬間だった。

　その手が頬から離れたかと思えば私の首に回って体を引き寄せられてしまい、距離がうんと近づいた。

　鼻先がくっつきそうなぐらいの近さにびっくりして一瞬息が止まっていると、雫久がわずかにマスクを下げて。

「映画に集中するのもいいけど、ちょっとは俺のことも意識してもらわないと困るよ」

　と囁いた。

「なっ!」

　彼の甘い囁きに、止まらなかったはずの涙が一気に引っ

込んで。

　多分真っ赤になって固まった私の顔を見て雫久がマスクを直しながら「一瞬で止まった」なんて笑った。

　笑いごとじゃないよ！　不意打ちはいけないんだからね！　心臓に悪いから！

　お昼過ぎから始まったデートだけど、終わりの時間は来てしまう。

　本当はこのまま、雫久と同じ家に帰ってずっと一緒にいたいくらいだけど。

　モールを出たら、あたりはもう夕日が沈んでいて、冬の空はこんなにも早く暗くなってしまうんだと改めて実感する。

　予定ではここまで。もうお別れの時間。

　雫久もまた明日から仕事。

　今をときめくバンドボーカルグループのメンバーであり、今や音楽だけじゃない、モデルやお芝居、さまざまなジャンルで活躍している芸能人である彼とお付き合いをするってことは、普通のカップルに比べてふたりで過ごす時間はないのかもしれない。

　ここから先、きっと雫久はもっと忙しくなるだろう。

　だから……。

　私はそんな雫久の仕事を応援できるような彼女でいなくちゃいけない。

　声を聞くたび、会うたび、触れるたび、もっとって欲張

りな気持ちが溢れちゃうけれど、そんなの口に出しちゃだめだ。雫久だって頑張っているから。我慢して、笑顔で「またね」って言わなきゃ。

　そう自分に言い聞かせながら、彼から見えないようにギュッと拳を握ったときだった。

「純恋、まだ時間ある？」

「え……」

　まだ帰りたくないと思っていた私の気持ちが通じたのかと嬉しくて泣きそうになって、彼のコートの袖を掴んだ。

「ある。いっぱいある」

「いっぱいって」

　と雫久が空を仰ぎながら笑う。

　会えない間も電話越しに彼の笑い声が聞こえるたびに胸がキュンとしていたけれど、こうやって直接会って笑顔を見るとまた数倍ときめいちゃう。

　雫久の左手が私の手を握り直して私たちはまたふたたび歩き出した。

「うわー!!　綺麗!!」

「バレンタイン仕様のイルミネーションなんだって」

　雫久と歩いて数分。着いたのは近くの大きな自然公園。

　二月限定で公園の一部の木々や花畑に白と青を基調としたイルミネーションが施されていて煌びやかに輝いていた。

　なんてロマンチックなんだ……。

　ふたりでゆっくりとイルミネーションを眺めながら歩いて数十分。

　イルミネーションから少し離れたところに自販機を見つけて飲み物を買ってから、そのすぐ後ろにあるひと気のないベンチに腰を下ろした。

「すごいね！　ここがこんな風になっているの知らなかったよ」

　買ったばかりのココアを一口飲んでそう言うと、マスクを外した雫久が「さっき調べた」とちょっぴり照れ臭そうに話した。

　ここは人通りも全然ないし、暗い時間帯だから雫久がマスクを外していても大丈夫。

　その綺麗な顔を独り占め。

　もっと一緒にいたいって気持ちがさらに大きくなる。

「はぁ……今日、終わらないで欲しいな。まだ雫久といたい」

　溢れてしまった本音。

　ハッと思ったときにはもう遅くて、隣に視線を映せば、雫久が若干目を見開いて少し驚いた表情をしていた。

　重い女って思われちゃったかも、わがままは言わないようにって決めていたのに。

　でも、今度またいつ雫久とこうしてデートできるのかわからないんだと考えると、すぐに寂しくなってしまうから。

　温かいココア缶を包む手の力を強めたとき、体が大好きな香りに包まれた。

「……あんまり可愛いこと言われると、抑え利かなくなる

よ」

「……っ」

　雫久の甘い声が耳の奥まで届いて、一気に頭の中まで溶けてしまいそうになる。

　抑え、利かなくなっちゃえばいいのに。

　その気持ちを直接口にする代わりに、私の視線の下に伸びた雫久のコートをギュッと握る。

　まだ、離れたくない。

「純恋」

　優しく、私の名前を呼ぶ声にトクンと胸が鳴って。

　私を抱きしめる彼の腕がゆっくり離れると、お互いの視線が交わって、一瞬、雫久がわずかに目を伏せてまた絡む。

　その仕草の意味を私は知っている。

　徐々に彼の顔が近づいてきて。

　この瞬間にまだまだ全然慣れなくて、心臓は爆発寸前。

　恥ずかしさでギュッと目を閉じれば、唇に優しく柔らかいものが触れて、ほろ苦いビターな香りが鼻を掠めた。

　そういえば、初めて雫久と会ったときもこの香りがしたっけ、あのときは夢だって本気で思ってて必死で。

　ゆっくり唇が離れたタイミングで思わずフッと笑みがこぼれる。

「なに笑ってるの」

「あ、ううん。雫久と初めて会ったときもコーヒーの匂いしてたなって思い出してて」

「あーそんなこともあったね」

「うん」

　あのときはまさか自分が相良雫久と付き合うなんて思ってもみなかったけど。

「キスしてる最中にそんなこと思い出すなんて、余裕だね」

「え……」

「俺は結構いっぱいいっぱいなのに。ムカつく」

　いや、ムカつくって！　そんなこと言われても！

「本当なら、そんな余裕なくなるぐらいしたいけど」

　と、コートのポケットの中で温まっていた雫久の手のひらがピタッと私の頬に触れる。

「俺も、まだ帰りたくないよ」

　普段はクールで凛とした彼の、崩れた表情。

　そのセリフや表情で、痛いぐらい伝わってくるから、愛されてるって実感できて、私も同じように返したくなる。

　手に持っていたココアを横に置いて、大好きな彼の頬に手を伸ばし、さっきの彼よりも少し強引に唇を塞いだ。

「……っ」

　私から雫久にキスしたのなんて初めてで、雫久がパチパチと瞬きをする。

「次いつデートできるかわかんないから……えっと」

　話しながら、自分のあまりの積極的すぎる行動に恥ずかしさが込み上げてきていると、目の前の彼の口の端がニッと挙げられて。

「その分、ってこと？」

　その声に頷けば、「仕掛けたの純恋の方だから、ちゃん

と付き合ってよ」

　なんて言われて。

「……っ！」

　私が何か言う前に奪うようなキスが降ってきた。

　何度も角度を変えながら重ね合って。

　真冬だと言うことを忘れそうになるくらい、熱い吐息が漏れる。

　自分だけじゃなくて、雫久も、私のことを求めているのがわかるから必死にそれに応えようとして。

　さっきまで寂しい気持ちに心が侵食されてしまいそうだったのに。お互いの体温が上昇しているのがわかって、もう、頭の中、雫久の熱でいっぱいで。

　デートの最後。

　今はただ、この感触も匂いも温度も、忘れないようにと噛み締めた。

　数日後。

　雫久とデートした日のことを思い出しては、口元を緩める日々。

　あの日の後も頻繁に連絡を取り合っていて、こんなに幸せで大丈夫かと逆に心配になるぐらいだったのだけど。

　そんな心配は突然、現実になってしまった。

『俺たちのことが来週発売の週刊誌に載る』

「へっ……」

『この間のデート、撮られてたみたいで』

電話で雫久に伝えられたことに、言葉を失った。

一気に冷や汗が出て、スマホを持っている手が震えた。

雫久は今、前よりももっとテレビ出演や取材が増えてものすごく忙しい時期。まさに人気絶頂。

私の存在がそんな彼の足を引っ張っている。

距離を置こうとか、最悪別れを切り出されても仕方ないかもしれない、そんなことが過ぎった。

ことの重大さを、こんなことが起こって今更実感するなんて……。

申し訳ない気持ちが込み上げてきて、震える口を開く。

「っ、し、雫久、本当にごめ──」

『だから、事実を伝えようと思って』

「え……」

聞き間違いかと思うぐらいの予想外すぎる言葉がスマホ越しに届いて固まる。

事実を伝えるって、私と付き合っていることを世間に発表するってことだよね。

『特に、〈それ宙〉のファンや俺のことをずっと応援してくれてた人たちには、俺から本当のことを伝えたいと思ってて。ダメかな？』

雫久のそういう気持ちを曲げないところ、すごくリスペクトできて好きだ。

でも……。

「そんなの、許されるのかな……本当のこと話したら、嫌な思いする子もいるんじゃないかって……」

『誰にどう思われようと、俺が音楽を仕事にしようって思えたのは、純恋のおかげだから』

「雫久……」

彼のセリフにじわっと視界が滲む。

『ちゃんと伝えても、理解してもらえないこともあるかもしれないけど、俺は、今回のことで純恋と距離置くなんてことになる方が嫌だから』

雫久のそんなセリフにとうとう涙が溢れる。

こんなことになってしまっても、そんな素敵な言葉をかけてもらえるなんて。

『巻き込んでごめんね。でも、俺には純恋を離すつもりこれっぽっちもなくて。ついてきてくれる？』

雫久が謝ることなんて何もないのに。

私だって同じだよ。伝えたいこと、溢れる気持ちはたくさんあるのに、涙でなかなか言葉にできなくて。

「……うんっ」

そう大きく返事するので精一杯だった。

あれから、週刊誌には予定通り、相良雫久が一般女性と熱愛、という記事と、私たちがデートの日にカフェから出てくる姿を撮った写真など数枚が掲載された。

雫久が私にマフラーを巻いてくれた瞬間や手を繋いだもの。

その後、ネットではいろいろな意見が飛び交った。

〈売れてあからさまに調子に乗ってんな〉

〈〈それ宙〉って今が一番大事な時期なのにプロ意識足りなくない？〉

〈相良くんはそういうのちゃんとしてるタイプと思っていたから正直ショック〉

なんて否定的な意見や、

〈相良雫久って十七でしょ、年頃だしそりゃ恋愛のひとつやふたつするだろ〉

〈静かに見守っといてやれよ〉

〈記事読んだだけだとちょっとびっくりしたけど、写真の相良くん思ってた五百倍幸せそうで嬉しくなった〉

なんてあたたかい意見まで、本当さまざまで。

記事が出て数日はどこも雫久のことで持ちきりだった。

そして、それから一週間後、雫久が自分の気持ちを書面にして事務所を通して発表した。

『この度報道されました私の記事に関しまして、お騒がせしてしまい申し訳ありませんでした。今回のことについて、応援してくださる皆様に私の今の気持ちを正直にお伝えしたく、このように書面にてご報告いたしますことをお許しください。

拙い言葉ではありますが、最後までお読みいただければ幸いです。

一部週刊誌で報じられている通り、私は現在、同い年の一般女性の方と交際しております。そして、その方は私が歌手の道を決めるきっかけとなった方です。幼い頃に彼女

からもらった言葉があり私は歌手を目指すようになりました。十数年の時間がたち、半年前に彼女と再会し、あの頃と変わらない彼女と一緒に過ごすうちに、もう二度と離れたくない、ずっと共にいたいと強く思うようになりました。

彼女の存在のおかげで、私は今日まで音楽を作り続けることができ、皆さんに届け、共有することができています。

そんな日々に、心から幸せだと実感している毎日です。

ですので、皆さまにはどうか、温かく見守っていてほしいです。

未熟ではありますが、これからも、一日一日を大事にしながらファンの皆さま含め、私を支えてくださる全ての人に感謝の気持ちを忘れずに、音楽に携わっていきたいと思っております。今後ともどうぞよろしくお願い申し上げます。

それは宙にのぼる
相良雫久』

雫久の交際宣言の文書がライドリアームから公式に発表された日、SNSはその話題で持ちきりで、翌日の新聞にも『人気バンドグループボーカル　相良雫久　一般女性との真剣交際を発表』と言う見出しで大々的に取り上げられていた。

週刊誌の報道に否定的だった人たちも、雫久の文書を読んで、理解を示した人がほとんどだそうで。

　逆に、〈それ宙〉に触れてこなかった人たちが、週刊誌に掲載された雫久の写真を見て、その仕草に射抜かれた人たちも多く雫久の好感度は以前にもまして高くなっているらしい。〈それ宙〉の曲の再生回数は瞬く間に増えていて、CDの売り上げも伸びているのだとか。

　この間は、宗介さんに「純恋ちゃんのおかげで会社が潤っているよ」なんて言われてしまった。

　交際宣言から二週間。

　何はともあれ、ほとんどのファンの方には雫久の思いは伝わったみたいで、恐れていたことも起こらなくて。

　なによりも、雫久があそこまで私のことを伝えてくれるなんてびっくりで嬉しくて。あの言葉は、私の最大の宝物になった。

　あれからやっと色々と落ち着いて、ようやくひと安心、と思っていたら、いきなり雫久に呼び出されて。

　今、私は彼の部屋に来ている。

　電話で『大事な話がある』なんてものすごく深刻そうな声で言うから、今度はなんだと不安になりながら部屋に来たけど。

　『もうすぐ終わるからそこでちょっと待ってて』と言われてベッドに座って数分。

　パソコンに向かって作業している彼をチラッと見れば、ちょうど目が合って。

　パソコンを閉じた雫久が、ちょっと怒ったような顔でこちらに近づいてきた。

　お仕事、終わったのかな……。

　そして一体何の話だろう。

　機嫌悪そうに見えなくもないけど。

　頭の中でぐるぐる考えていると、隣に座った雫久が、ギュッと私を抱きしめた。

「し、雫久？」

「あーー動かないで。充電中だから」

「っ」

　私で充電って、大好きな人にそんなこと言われて嬉しくならないはずがない。

　よかった。何かに怒っているわけではなさそう。

「……会いたかった」

「うん。私も」

　人前では基本クールな彼が、そんな甘いことを言ってくれるなんてときめいてしょうがない。

「純恋」

「ん？」

　耳のすぐ近くで名前を呼ばれて、たちまち胸の鼓動が速くなる。

「実は今日、みんな泊まりで帰ってこないんだよね」

「え!?」

　思わずガバッと離れて彼の顔を見る。

「このチャンス逃したら次いつあるかわかんないから。だからわざとあんな言い方して純恋が急いで来てくれるように仕向けた」

「仕向けたって……それって」

「うん。純恋さえよければ、泊まって行かない？」

　っ!?

『泊まり』

　その衝撃的なワードに一気に顔に熱が集まった。

　いや、以前は一ヵ月ここに住んでいたけれど、今は雫久と付き合っているとなると話は別だ。

「ふっ、なんで赤くなんの」

「や、その、それはっ！」

「慌てすぎ。なに想像したの」

「……っ」

　頬に彼の手のひらが触れて、顔を近づけてそう聞いてくるから、逃げ場がなくなって目をキョロキョロさせていると、

「しようよ、純恋が想像したこと。いっぱい」

　追い討ちをかけるようにそんなセリフを耳打ちされて、その口元がそのまま私の首元に触れた。

「ちょっ──っ」

「ん？　こういうことじゃなかった？」

「……や、その……ん、あってる、けど……」

「ふっ、その答え方はズルいって。もっとしていい？」

　そう聞かれても、恥ずかしくてコクリと頷くので精一杯。

　満足そうに微笑んだ雫久が、優しく私を押し倒す。

　雫久の毎日寝ているベッドは、全身が彼に包み込まれているみたいに大好きな香りでいっぱいで。

　久しぶりに全身で雫久を感じて、もうその全部に酔えてしまう。

「じゃあ遠慮なく」

　頰に彼の手が触れて、そんなセリフと共に首筋や耳にキスが落ちてきた。優しく、丁寧に。

　彼の熱い吐息が耳にかかって自分の体が大げさに反応する。

「悪いけど、今日は寝かせてあげられないよ」

　私の髪に手を伸ばして撫でる彼に、さらに心臓がうるさくなって。ふわふわしておかしくなってしまいそう。

「……私も寝ないつもりだよ」

　なんてちょっと生意気なことを言えば、

「ふっ、もつかな」

　とちょっとイジワルに笑った彼が、私の唇を奪った。

——END——

あとがき

☆

afterword

このたびは、『イケメン芸能人と溺愛シェアハウス♡』を手に取ってくださり、本当にありがとうございます。

このお話は、私が初めて芸能人との恋という設定に挑戦した作品だったので、執筆中、色々難しいと感じることも多かったですが、その分、無事に完結することができ、すごくホッとしています。

また、こうして文庫化という機会もいただけてとても嬉しいです。

失恋を経験したことで自信喪失になっていた純恋が、シェアハウスの彼らに自分の気持ちを勇気を出してしっかり話したことで、話を聞いた彼らが、今の純恋に自分たちは何ができるかと考えることができ、結果的に純恋を元気づけることができました。

何かに落ち込んだとき、こんな暗い話をしたら迷惑じゃないかとかあれこれ考えすぎてなかなか人に相談できない人って、多いんじゃないかなと思います。

もしこれを読んでくれているあなたがそうなら、そんなあなたのことを気にかけている人は必ずいるということを忘れないで欲しいです。

　大切な人が何か困っていたり落ち込んでいたら、話を聞きたいし助けたいと思うけど、何が原因なのか直接話してくれないと、具体的な助けを与えられないこともあるので、時には純恋のように信頼している人に勇気を出して話して欲しいなと思います。

　問題が直接解決しないとしても、誰かに打ち明けるだけでスッキリしたりアドバイスがもらえたり、気持ちの整理ができたりすることもあるので、この作品が誰かの勇気になれたら嬉しいです。

　そして私も、私の作品を手に取ってくださる方々にもっともっと楽しんで癒しになってもらえる作品を生み出せるように頑張りたい！

　以前から私の作品を知ってくださる方も、今回初めて読んでくださってくれた方も、本当にありがとうございます。

　それから、出版に携わってくださった全ての方に感謝の気持ちでいっぱいです。

　これからも、私を支えてくださる全ての方への感謝を忘れず、作品を通しても恩返ししていきたいと思います。

　たくさんの愛を込めて。

2022年3月25日　雨乃めこ

作・雨乃めこ（あまの　めこ）

沖縄県出身。休みの日は常に、YouTube、アニメ、ゲームとともに自宅警備中。ご飯と音楽と制服が好き。美男美女も大好き。好きなことが多すぎて体が足りないのが悩み。座右の銘は『すべての推しは己の心の安定』。『無気力王子とじれ甘同居。』で書籍化デビュー。現在はケータイ小説サイト「野いちご」にて執筆活動を続けている。

絵・柚木ウタノ（ゆずき　うたの）

3月31日生まれ、大阪府出身のB型。2007年に夏休み大増刊号りぼんスペシャル「毒へびさんにご注意を。」で漫画家デビュー。趣味はカラオケと寝ることで、特技はドラムがたたけること。好きな飲み物はミルクティー！　現在は少女まんが誌『りぼん』にて活動中。

ファンレターのあて先

〒104-0031

東京都中央区京橋1-3-1

八重洲口大栄ビル7F

スターツ出版（株）書籍編集部　気付

雨乃めこ先生

KEITAI
SHOUSETSU
BUNKO
野いちご SINCE 2009

【イケメンたちからの溺愛祭！】
イケメン芸能人と溺愛シェアハウス♡

2022年3月25日　初版第1刷発行

著　者　雨乃めこ
　　　　©Meko Amano 2022

発 行 人　菊地修一

デザイン　カバー　尾関莉子（ナルティス）
　　　　　フォーマット　黒門ビリー＆フラミンゴスタジオ

DTP　　久保田祐子

発 行 所　スターツ出版株式会社
　　　　　〒104-0031　東京都中央区京橋1-3-1　八重洲口大栄ビル7F
　　　　　出版マーケティンググループ　TEL03-6202-0386
　　　　　（ご注文等に関するお問い合わせ）
　　　　　https://starts-pub.jp/

印 刷 所　共同印刷株式会社
Printed in Japan

ISBN　978-4-8137-1238-1　C0193